我

谷川
俊太郎
诗集

私
わたし

The Poetry of
Shuntarou Tanikawa

［日］谷川俊太郎　　著

田原　译

雅众文化 出品

I 我

II 定义

Ⅲ minimal

我

自我介绍

我是一位矮个子的秃老头
在半个多世纪之间
与名词、动词、助词、形容词和问号等一起
磨练语言生活到了今天
说起来我还是喜欢沉默

我不讨厌各种工具
也很喜欢树木和灌木丛
可是我不善于记住它们的名称
我对过去的日子不感兴趣
对权威持有反感

我有着一双既斜视又乱视的老花眼
家里虽没有佛龛和神龛
却有连接室内的大型信箱
对我来说睡眠是一种快乐
即使做梦了醒来时也全会忘光

写在这里的虽然都是事实

但这样写出来总感觉像在撒谎

我有两位分开居住的孩子和四个孙子但没养猫狗

夏天几乎都穿 T 恤度过

我创作的语言有时也会标上价格

河

黄褐色的水踟蹰着流动
那就是河
栖息于地下无形者的后裔
虽知道水流向大海
可并不知晓水源自何时何地

电车一过河，旁边的年轻女孩便打了哈欠
从那口中的阴暗深处好像涌出什么
突然，我意识到我的脑袋比身体还愚蠢

被电车摇晃着身体的我
惧怕基本上由水组成的身体
脑袋的我用语言支撑着自己

在遥远的从前，在遥远的何处
语言的量一直比现在少之又少
但连接阴间的力量或许一直更强

水即使变成海、云、雨和冰

也会停留在这个星球
语言即使变成演说、诗句、契约书和条约
也会牢牢地占据着这个星球

也包括我

去见"我"

从国道斜拐进入县道
再左拐走到乡村道路的尽头
我就住在那里
不是现在的我而是另一个"我"

那里有一个简陋的家
狗叫着
院子里种着少许的农作物
我总是坐在屋侧的阳台上
啜饮着焙煎的茶
没有应酬话

我是母亲生下的我
 "我"是语言生下的我
哪一个是真正的我呢
尽管早已腻烦了这个话题
 "我"突然开始哭泣
被焙煎茶呛到

患痴呆症的母亲干瘪的乳房

是故乡的终点

"我"一边抽噎着说

可是，当我眺望着沉默的白昼之月

开始和结束这些更遥远的

一点点地了然于心

黄昏

听着蛙声

铺好床被就入睡的话

我和"我"就变成了〈闪耀宇宙的碎片〉

某种景象

没有人烟的原野上卷起的旋风
为无处投奔而困惑
无数被蒸发的泪水变成卷积云
漂浮于濒临死亡的蓝天一隅

草之间虽有散落的尸体
却看不到啄食它们的鸟
曾经被称为音乐之物的迹象
像背后怯懦的幽灵飘荡

人们思考、讲述和写下的全部语言
本来从开始就是错误
只有盯着刚生下的小狗崽
发出无言的微笑才是正确的

大海若上升就悄悄逼近山峦
星星一颗接一颗地安息
"神"真的存在吗？
还是已经死去？

"世界末日是如此的宁静而美丽……"
——这是我想写下的句子

语言里只有我的过去

却怎么也找不到未来

早晨

先在被窝里伸个懒腰
然后忽地起床
去尿尿
拿过来报纸
我是微小的发电站

飘散的落叶之力
哭闹幼童的眼泪之力
远去口琴的响声之力
无意的标点符号之力
早安之力

看不见的矩阵
连接着微小的动力
我也是那其中的一个结
地球坐在桌子上
我向地球做鬼脸

喝着胡萝卜汁

打开电脑

发呆了一会儿

意想不到的语言浮现

就好像水泡一样

再见

我的肝脏啊，再见了
与肾脏和胰脏也要告别
我现在就要死去
没人在身边
只好跟你们告别

你们为我劳累了一生
以后你们就自由了
要去哪儿都可以
与你们分别我也变得轻松
只有灵魂的素颜

心脏啊有时让你怦怦惊跳真的很抱歉
脑髓啊让你思考了那么多无聊的东西
眼睛、耳朵、嘴和小鸡鸡你们也辛苦了
我对于你们觉得抱歉
因为是有了你们才有了我

尽管如此没有你们的未来还是明亮的

我对我已不再留恋

毫不犹豫地忘掉自己

像融入泥土一样消失在天空吧

与没有语言的东西们成为伙伴

继续写

电车行驶在溪谷边的单线上
猴子们放弃了进化
令人怀念的风笛声也已远去
我只能继续写诗

沙发上母亲让婴儿含住乳头
白天的街角突然发生爆炸
在新的早晨传来喧闹的意见
看漫画的少年绷着脸

那个该怎么说呢
正史里只有英雄齐聚
充满瑕疵的旧影像放映着
我只能继续写诗

看不到结局是由于
不知道开始
我每天怀疑着相信的事
只有天空仿佛救赎一样展开

跟无处可去的垃圾一起活着
忘却失踪者的名字
把供奉祭坛的东西作为抵押
辨不清纳米和光年的差别

被赞成和反对追问得喘不过气来
依旧交换动摇的心情
比起意思更想寻求深深的祝福
我只能继续写诗

我是我

我知道自己是谁
虽然现在我在这里
说不定马上就会消失
即使消失我还是我
但我是不是我也无所谓

我是少量的草
也许有点像鱼
虽说不知道名字
也是笨重闪耀的矿石
然而不用说我也几乎就是你

即使忘却也不会消失
我是被反复的旋律
心有余悸地踏上你心律的节拍
从光年的彼方终于来到的
是些微波动的粒子

我知道自己是谁

因此也知道你是谁
即使不知道名字
即使在哪儿都没有户籍
我也会向着你逃逸

我喜欢被雨水打湿
我怀念星空
因笨拙的笑话捧腹大笑
超越"我是我"的陈词滥调
我是我

空屋 1

女人走进家门
男人从别的门进来

一言不发的男人脱了衣服
女人也脱了
女人的右手触摸男人的下腹部

街道在灰暗的玻璃对面冒着烟
男人的手攥着女人的乳房
在含混不清的声音中
男人进入女人

两个身体在弄脏的床上
大海一样起伏……不久后静下来
远方，听得见像豆子爆裂的枪声

一言不发的男人穿上了衣服
女人也穿了

男人走出家门
女人从别的门出去

空屋 2

抽掉一块床板

应该有一本日记隐藏其中

既拒绝人的视线

又期待被触摸的文字

悄悄在纸上褪色

它所表达的虽几乎丧失了意义

但它的含义才勉强保留着生命欢愉的余韵

"八月六日，晴

神不用人的语言说话

用的是天空的语言、风的语言、鸟的语言

岩石的语言、蜈蚣的语言和毒蘑菇的语言

若不忘掉人的语言就无法听到神的语言

人最初的过错就是将它命名为《神》"

打破床板，狰狞的植物侵入室内

蚂蚁朝着倾斜的橱柜排着长队爬动

曾经被称作神或什么的东西

不会放弃不停诉说的话语

空屋3

落满尘埃的布面椅子
缺胳膊的人偶歪倒在床
谁带走了成为记忆之前的时间

风微微吹动玻璃窗
受恐吓的是心是精神还是灵魂？
这里有太多无法命名的东西

透明的两个人影在接吻
故事和国境被分割
潮水从远方的大海慢慢涌来
迟早会淹没水中的无数文件
橡胶球漂浮着
看不见的蜘蛛网遍布各个角落

是在何处度日呢，此刻
生活在此地的人
说不定就是我们

在沉入宛如亚特兰蒂斯的海底之前

无数发光的闪光灯

掠过鼻尖的明天

入眠

乌鸦在远处聒噪

没完没了

深更半夜是有何事?

洗衣机在某处呜呜呜

天棚传来啪啪啪诡异的声响

黑色的时间在房屋外扩展

理应被生命满足的

却让人想起 VOID 这个英语词

（尸首的头发长长指甲长长）

世界从何时变成了这种结构

失眠的时候听到深夜的声音在心中

变成不合逻辑的音乐

    *

没有想说的

却爬起来在纸上写下一行行文字
是因为想让语言像石块一样滚动

泛滥的意义在暴力面前无能为力
包括眼泪
和沉默

（胎儿长出头发长出指甲）

可是，潜伏于语言中的寂静
有时成为笑料
有时毫无意义
有时伪装成歌曲
引诱人往此生的边缘……

　　　　＊

在深深的性高潮里苏醒的世界
这个现实竟然存在于异次元

宛如岩浆

熔炉中似梦非梦
把人种、宗教、制度、思想和幻想和
种种混在一起变成大杂烩
等待那神秘的第一声啼哭

二 × 十

在这个星球洒落的言论尘埃之上
无精打采地漂浮着诗歌的朝霭

那天手指触碰过的脸颊
现在只是白纸上的一行文字

舌头静默地舔舐着
眼睛看错的东西

心忘却的一瞬一瞬
落在灵魂上堆积着

在语言的小道上走得精疲力竭
坐在沉默的迷途发笑

字典测不出一个单词的深度
词汇散乱在知性的浅滩

语言是皮肤，粘贴在现实的肉上

诗歌是内视镜，在内脏的暗处动弹不得
在譬喻不可救药的绚烂之后
沉默中途收场

意思在呼唤着意思
忍受不住黄昏的孤独

夜越来越深
明天在底层冒出淡淡的烟

盯着院子看

我知道
你已不再读诗
书架上曾经读过的诗集
几十册陈列着
可是，你不会再去打开那些书页

取代的是你透过玻璃窗
盯着看杂草丛生逼仄的院子
几乎要说自己能理解
隐藏于那里看不见的诗
对着土、蚂蚁、叶子和花朵凝视着

"莎丽离开，不知去向何方"
你用不能成为声音的声音哼出
是自己写下的一行
还是哪位朋友写下的呢？
总之都在变好

从语言洒落的
从语言溢出的

顽固拒绝语言的
语言无法触摸的
语言扼杀的

对这些不能哀悼又无法祝福的东西
你盯着院子看

诗人的亡灵

诗人的亡灵伫立着
对着空屋传来滴答滴答的玻璃窗外
不满于自己的名字只是留在文学史的一角
不满于只是把女人逼到了绝路
对来世的安于现状感到愧疚不安

虽然已不能再发出声音
但化成文字的他却存在着
在新旧图书馆地下的书架深处
仍与挚友争夺着名声
终于无法再回答诗的问题

他相信自己读过蓝天的心
也相信懂得小鸟啾鸣的原因
像锅灶般与人们一起生活
相信已领会了隐藏在喊叫和细语里的静穆
不流一滴血和汗

诗人的亡灵旁边是犀牛的亡灵

诗人一点也不惊讶地窥视着邻人的脸
不知道与诗人同是哺乳动物的犀牛说：
人啊，请你给我唱一首摇篮曲
不要区别亲密的死者与诗人

维护诗歌兼及小说何以无聊

诗歌因无所事事而忙碌
　　　　　——比利·科林斯

用MS明朝字体的足迹踢散
初雪的早晨一样洁白的电脑画面的不是我
那是小说干的
只能写诗真的是太好了

小说好像认真地苦恼着
让女人拎着刚买回的无印牌皮包好呢
还是让她拎着母亲遗留下的古琦牌皮包呢
从此，没完没了的故事就开始了
复杂化的压抑和爱憎
不可开交

诗有时忘我地轻飘飘浮游在空中
小说谩骂这样的诗是薄情寡义或不谙世故
并不是不能理解

小说用几百页的语言把人关在笼子里后
然后就挖掘逃路
但是，要说首尾呼应挖通的洞口是何地
那便是孩提时住过的胡同深处
诗歌吊儿郎当地伫立在那里
与柿树等一起
说着对不起

描写人的行为的是小说的工作
给人带来无数欢喜的是诗的工作

小说走的路蜿蜒曲折地通向人间
诗连蹦带跳走的路越过笔直的地平线
二者都无法让饥饿的孩子吃饱
但至少诗不怨恨世界
因为幸福的风吹进了肺腑
即使丧失语言也不害怕

小说在找灵魂出口急得发疯时

诗用不分宇宙和旧鞋子的懒洋洋的声音唱着歌
在祖先神灵口耳相传的歌曲中兴高采烈地穿越时空
朝着人类不会灭亡的方向

朝向"诗人之墓"的墓志铭

无限沉默的我

将语言给予你

　　　　——苏佩维埃尔《神思考人类》

出生时

我没有名字

像水的一个分子

可是，母音很快被口授

子音搔着耳朵

我被召唤

从世界分离出去

让大气震颤

镌刻在黏土板

雕镂在竹子上

记载在沙上

语言是洋葱皮

剥掉一层又一层

也看不到世界

丢掉语言

我想变成摇动的树木

变成十万年前的云朵

变成鲸鱼的歌声

此刻，我回归无名

眼睛、耳朵和嘴巴被泥土堵住

已把手指托付给星星

只变成语言
——给中原中也 [1]

只变成语言

山发呆地蹲下

港口在薄云的天空下

仿佛盘算着什么

别的国家也是这样吗?

大海淡淡地隔开陆地

就连罪人们深深哀叹的感叹词

也只变成语言

即使跌倒也不白站起来的商人

待在充满着电子的浴槽里

很久以前写的情书

也只变成语言

年轻少女被紧紧绑住的脖子上

鼓起青筋

1　中原中也(1907～1937)：诗人、翻译家。生前默默无闻,死后名声大震。

只变成语言

诗歌从世界渐渐剥落……

谎言！谎言！

说什么只属于语言之物

用短刀刺入大腿

那里不是侍童当作打瞌睡的地方吗？！

——寂静

之后只有寂静本身

稻草人们落魄潦倒

用稻草的头冥想

是往谁家饭桌上的

鸳鸯碗里盛饭

饭冒着热气

微微地冒着热气

音乐

温和地点头
行板结束
两个和音是刹那间的来访者
从意义无法抵达的远方而至
然后再返回原处

在幻影般纤细蜘蛛丝的一端
蜘蛛被风摇动
就在凝视它时
最后一场开始了
抢先攫取最后的寂静

思考过的一切
被吸入时间的洞穴
人不知所措地诞生
仿佛潺潺溪流一样清澈的此刻
爱着世界

音之河
——给武满彻 [1]

音之河流动在树木和树木之间
也流动在积雨云和玉米田里
大概也流动于男女之间

你让那股潜流响彻在我们的耳鼓
以钢琴以长笛以吉他以声音
有时也以沉默

时光再怎么流逝音乐都不会变成回忆
让此刻向着未来发出回声的你
永远都不会消失

穿着你遗留在今世的衣服
我倾听着你在那来世的歌
暮色慢慢地顺着环绕大厅的树木落下

语言的秩序一点点地退回布景

1　武满彻（1930—1996）：日本当代著名自学成才作曲家、作家。其代表
曲《十一月的登音》等在国际上享有盛誉。生前与谷川俊太郎、小泽征尔和
大江健三郎等交情笃深。

我们在耳边感受到着
世界充满矛盾的温情叹息

Where is HE ？

见到他的夏天

听到他声音的秋天

能拍打他肩膀的冬天

然后，永不再来的他的春天

可是，他至今仍反复到访

从沉默的远方带来声音

传入我们的耳朵

触碰来自看不见世界的波动

微微颤动的鼓膜

被声音的原子创造

超越意义的另一个真实

他就存在于此

在新诞生的声音里，在继续复苏的声音里

用健全的耳朵倾听

《梦的引用》的引用

——给武满彻

滴水

……波纹的

寂静

声音

在寻找着

归宿

影子

悄悄地

靠近

波浪的忐忑

风的

悸动

野兽的闺房话

矿物的

呢喃

窥视

地狱的

花朵

突然的

丑角

和女王

时光

打上了

句号

记忆

被搔痒得

微微笑

城廓与

庭院与

干涸的喷泉

苦涩的

谈话

片段

年轮

回答

站立的缘由

神的沉默

潜入散乱的

电子

像彗星的

尾巴一样

回归

灵魂的

树木的

吵嚷

人在哪里？
从何时变得如此
遥远……

借景永恒
水平线的
庆祝和祭祀

真空里
星星胎儿的
歌声响起

基于《午后很晚》的十一个变奏 [1]

西斜的阳光

为橡树的叶缘涂上色彩

仿佛就此溶入草坪

客厅的旋转窗

变成云朵小小的穿衣镜

怯懦地映照着夕光

今天也是一整天的晴空

西斜的阳光

渐渐拉长了影子

（1950.1.9）

*

西斜的阳光中

孩子们不知何时
都各自回家去了
长椅上的老人合上书本
从历史的黑暗回到现实
但使理性的光辉闪耀的
却尽是断头台之类
不吉利的凶器
潜入黄昏朦胧的幽暗
依附着梦幻般爱的记忆
老人起身走出公园
踏上回"家"的路

　　　　　*

树木向着天空生长
把自己记入年轮

人也向着天空踮起脚
开始在宇宙中彷徨

可那记录却不像年轮一样

有着中心

西斜的阳光中

树梢是指向天空的金色箭镞

我想紧靠着树

在中心诞生的瞬间

正垂直穿过宇宙时

我如此相信

       *

女子说：

你是透明的玻璃呢

光无法停留在自身中啊

因为害怕影子

男子说：

你是镜子啊

光会将全部都反射

你也会害怕影子吧

想创造出西斜的阳光

灯光师在后面正流着汗水

女子说：

真是让人害羞的台词啊

光说不定是理性的隐喻

男子说：

那么影子便是潜意识啰

光也无法抵达内脏

女子说：

那是看得见的光吧

但看不见的光

始终贯穿着我们

        *

深海的午后

龙宫阒寂无声

龙女早已仙逝

贝壳泛着淡蓝的光

海藻随着海水摇晃

这里没有时间的印记只有缓缓呈涡状的晃动

有时，不知哪里的军舰声纳来敲门

但龙宫螺钿的门扉却依旧紧闭

等待着世界末日

        *

茶几放着小火盆

旁边是拉着大提琴的半裸男子

泛黄的阳光从百叶门射入

故事在这样的场景下展开
不久一群警察就包围这个家
正在练习巴托克作品的男子被射杀
……对这样的故事大纲
作家（三十六岁女性）已经开始厌倦
她用旧了的白色苹果电脑上
也洒满了和故事中一样泛黄的阳光
睡椅上黑猫蜷缩着

《晚霞夕照》的管钟声从远处传来
不是在故事中也不在这首诗中
而是在此时此地写下这些文字时
传入我肉身的耳中

     *

在一家叫作"下午茶"的店里
我一边喝着热茶一边思索
意义像霉一样笼罩人心

以前语言不是更沉默的吗？

不是只存在于那里的吗？

不被意义所摧垮，就像有带有缺口的碗一样

不同于正在播放的背景音乐的乐曲

隐约响起

于我内心深处

    *

男孩子们在森林吵嚷着

因为清晨的提问得不到父母和教师的回答

他们没有觉察地解读

树间因暮色而拉长的影子

不要依赖大人

就必须朝大海而去

传说和童话也都是瞎扯

走出森林一踏上满是碎石的小路

他们就已变成迷路的孩子

小蜥蜴在草丛中看着

老鹰从卷云下看着

跌倒的孩子无人扶起

海从远方搭话

但它的意思只有老了才能领会

随着脸颊上的胎毛泛起金色的光辉

男孩子们放慢步伐

终于停下脚步

女孩子们到底在哪里啊……

        *

午后姗姗来迟的人说：

"在海边捡了这个"

大小如玻璃弹珠

被海浪磨圆的淡蓝色玻璃碎片

"随处可见的东西啊"
但就好美……觉得是无限的美
那人说着，一副快要哭出来的表情

那人已不再年轻
我也已经不再年轻，儿时共同的玩伴死了
今晚是灵前守夜

那些微不足道的、无关紧要的
甚至不知道存在意义的东西
"感情都寄托在它们上面了"
一边听着那声音我系上了黑色领带

　　　　*

在你的幻想中我到底是谁
映在摇曳水波中的脸
真的是我吗?

语言向语言伸出无依无靠的触手
映像闪烁着溶于黑暗
在你的幻想中我数着度过的下午
被金色之光浸染的哀伤
也是从母亲的子宫里诞生的吗?

你曾经对我说过
有些问题诗不要回答
在你的幻想中，那时的我
究竟是谁呢

   *

"在水流中漂流而下……
在金色阳光中徘徊不前
生命若不是梦，那又是什么呢?"
      ——刘易斯·卡罗尔

*

我想，有些事情忘了写下
大概都是像尘絮般的事，不
是数百万光年之外的星云似的事
有些事情忘了写下
在书信里？在日记里？还是在诗里？

忘记写下的事
在语言面前突然停下脚步的事
如果有，它在哪里？
穿衣镜里映出六十年前的草地
一个青年独自走来

和他攀谈就能想起吗？
走过去拥抱呢？还是凝视呢？
谩骂呢？殴打呢？刺他呢？还是
根本没什么忘记写下的事吗？
即使已经回想起来了

云的路标——少年之 1

撒下光的孢子
用力挥手
向着被告知不能去的方向
少年忍不住出发

好几条岔路
该如何选择啊
他把慢慢变换的云当作路标
一边轻松地望着天

由于不知道真正的目的地
群山森林溪流都如同歌谣
直到身心所负的伤
在不知不觉中疼痛起来

少年带着鸟兽昆虫作旅伴
远离母亲兄弟
甚至不晓得自己迷了路
少年已经混入了风景

生命的草丛——少年之2

音乐永远没有终结
无法在此待下去
我越过星星的地平
走在生命的草丛

母亲不知何时离去
父亲也不知何时拄着拐杖
告别故土
把粘上指纹的空玻璃杯作为遗物

我想这样就好了
美无处不在
没有任何结束的事情
沿途采摘的野花已令人怀念

当再见成为你好之时
我已经从遥远的旅途归来
捧着看不见的土特产
和未曾出生的妹妹一起

未来的小狗——少年之3

爱我的未来小狗
在海岬的独栋房子的阳台上摇尾巴
到能见到它的那天为止
我每天都坚持不懈地写日记

写某一天森林里的七叶树
写某一天抽筋的脚
还写某一天有个漂亮的孤儿
然后，我渐渐长大

昨天，在我一个人造访的天文台
看到了三万年前的星空
它们在我的头顶慢慢旋转
不知何故我流下眼泪

我死去的那天
星星依然璀璨
那时，我未来的小狗说不定
就在我身边

与母亲相会——少年之4

我一个人去了从前
蝴蝶在从前阴沉的空中翩翩飞舞
有个女孩看着它
孤单单地坐在草地上

孤寂的情感源于何时何地
我在默不作声的女孩身边坐下
盯着一对交尾的蝴蝶
这女孩说不定就是我的母亲

一条谁也未曾走过的路
向着地平线消失
只有隐隐约约的弦乐声
挽留我在这个世间

遥远的未来即使也变成了从前
我一定还在这里
只要把爱牢记在心
就会对死亡感到欢愉

走向音乐——少年之5

于是我走在音乐中
没有人影
但广场上充满了生命
下面是深深的大海

树木那看不见的一生成为过去
罪恶因受到原谅的预感而战栗
王子和农奴的记忆混杂在一起
星星的卵布满天空

我通体透明
我的心情藏在桃色内脏深处
扩展到宇宙的边际
向着前方散落

然后我回来了
因为借着扩音器真空管的微光
寄居在那里的东西
知道那是我活着的证明

是人——少年之6

我是个上了年纪的少年
是尚未出生的老人
无所不知的太阳
从几亿年前就默默地为我发光

我是人
不是蠼蜥也不是蘑菇
时而想变成积雨云
时而又憧憬着抹香鲸

姐姐去年离开了这里
留下用凹了的口红
我可以哪儿都不去
因为世界上的任何一个地方都是这里

在落叶的叶脉旅行
我描绘着生命的地图
向着阴茎的指向
我的梦会醒吧

彩虹之门——少年之 7

一条痛苦的小船
在大家所用的语言之河中顺流而下
我站在生命之岸
默默地嗅着水的气味

再遥远的地方
心也可以抵达
因此有所不知令人高兴
即便知道了或许会更痛苦

在死于沙漠的士兵的身旁
最好涌出冰冷切肤的泉水
谁都没有讲过的故事
也最好从那里突然开始

大概是曾经喜欢过什么人吧，昨天
到底能喜欢上谁，明天
彩虹仿佛是通向何处的门
有一天我想钻过那扇很容易消失的门

祖母说的话——少年之8

"什么都太多了"
坐在房间中央的祖母说
她把各种东西丢掉
还把事情当作没有发生过

祖母的宇宙快要破碎了
因无数的星星
因不断降生的婴儿
因被说或被写的人的语言

"什么都太多了,太多了"
我父亲的母亲像念佛一样重复这句话
因为她不认为过多是富裕
才变得已经讲不出任何故事

眉毛变得稀疏却可爱的祖母脸上
流淌着冲刷不掉的回忆
她在我心中
堆起了通往未来容易坍塌的圆锥形石堆

哭泣的你——少年之 9

坐在哭泣的你的身旁
我想象你心中的草原
在我未曾去过的那里
你对着无垠的蓝天歌唱

我喜欢哭泣的你
如同喜欢笑着的你一样
尽管悲伤无处不在
但它必将在某时融为欢愉

我不问你哭泣的理由
即使是因为我的缘故
此刻，你在我的手触不到的地方
正被世界拥抱

在你滚落的一滴眼泪里
蕴含着所有时代的所有人
我会向着他们说
我喜欢哭泣的你

那个人——少年之10

只是爱那个人
我的一生就结束了
之后死去的我
会继续活在那个人的回忆中

在那个人头上的辽阔蓝天
曾经只是我一个人的
照着那个人脸颊的太阳
我也不给任何人

在白雪覆盖的山那边
有那个人居住的村庄
那个人或许在那里生了孩子
被儿孙围绕吧

幸福像幻影一样不可捉摸
如同化石总是埋在地下
我再也看不见了
那个人宁静的双眸

音乐之二——少年之11

不知在何时何地
谁弹起了钢琴
超越时空的琴音现在依然
让大气震颤爱抚着我的耳朵

来自遥远彼岸的甜言细语
让我无法解读
我只能任其摆布
如同随风摇摆的树丛

第一个音节是何时诞生的
在宇宙真空的中央
它仿佛是什么物体发出的暗号
悄然而神秘

纵使天才也不会创造音乐
他们只是对意义捂住耳朵
却对源自太古的静谧
谦恭地竖起耳朵

再见不是真的——少年之12

告别晚霞

我遇见了夜

然而暗红色的云却哪儿都不去

就藏在黑暗里

我不对星星们说晚安

因为他们常常潜伏在白昼的光中

曾是婴儿的我

仍在我年轮的中心

我想谁都不会离去

死去的祖父是我肩上长出的翅膀

带着我超越时间去往某处

和凋谢的花儿们留下的种子一起

再见不是真的

有一种东西会比回忆和记忆更深地

连结起我们

你可以不去寻找，只要相信它

不死

你飞翔在
云海之上
没有翅膀
虽畏惧天空
却也显得轻松

你飞翔
不是逃离
也非追赶
因为爱
被大气支撑

你飞翔
眺望看不见的家家户户
探求看不见的万千河川
想象看不见的连绵山脉
高高地

你飞翔

俯瞰交替的王朝

眺望几团蘑菇云

被重力嫉妒

朝向不死

和兔子

他想
应该把兔子放在柔软的草上
为了不使它受惊
轻轻地
将它放在春天柔软的草上

虽然还未进入世界末日
正因为什么事都不可靠
至少用自己的双手
抱着兔子
走路
登山
甚至毫无目的地离开城市

没有写在书里的
还留着
兔子就在
那个空白处

倾听

混杂在风中的

那仿佛渐渐老去的预言之歌

树下

孩子一个人
坐着
双腿平伸
好像离谁都很远
时光如雾霭笼罩着他的肩

月光照耀
阳光倾注
星星旋转

谁也无法决定此地为何处
更无人知晓抵达这里的路

青蛙仰望着孩子
大象正向孩子靠近
花朵还在含苞
世界在寂静之中宣告着
孩子内心潜藏的秘密

孩子坐着

为了渐渐衰老的我们

微微一笑

定义

关于公尺标准原器的引用

　　公尺标准原器用约百分之九十的白金和约百分之十的铱金合金制成，形如棒，其断面与被称作托雷斯卡断面的 X 形相似，全长约一百零二公分。接近两端的中立面部分磨成椭圆形，并各刻有三条平行的细线。一公尺，被规定为保存于巴黎郊外国际度量衡局的国际公尺标准原器（一八八五年，生金制）在标准大气压、摄氏零度下，以五百七十二毫米的距离平行放置，并以直径至少为一公分的滚子均匀支撑时的中央刻度线之间的长度。日本的公尺标准原器为与此同时制成的二十二号，其长度被规定为经一九二〇至一九二二年进行的定期比较得出的一公尺减去零点七八微米的值，但由于日本一九六一年修改计量法后，对公尺以光的波长进行定义，公尺标准原器遂完成使命。

*引自平凡社《世界大百科事典》

非常困难之物

　　其表面被涂成灰色和白色，其容积显然不超过半立方米，侧面印有索伏特斯高提 R 弗利福鲁德的字样。它正好可以容纳四百页柔软的白色纸张，而纸张的用途则任购买者随意。而今，我抽出最上面的一张，擤了擤鼻子。

　　它占有了某个空间。所以，它当然也要遵从时间这个存在方式。我无法断言它是美是丑。它是什么？我是否已经告诉了读者？

关于不呼其名一事的记述

其顶边呈锯齿状，定为某种利器所切断。其底边虽现已向对面弯折，位于我视线的不及处，但几乎可以肯定地想象，其形态与顶边相同。左右两边被与上下两边垂直的直线切断，如此记述，可以说，我便从大小以及质感以外的层面搞清了它的形状。

关于其大小，虽然可以简单地用尺子规定，但是英寸或公分等单位只是相对的。我将更准确地记下：可以推断，其较长的两边（即顶边和底边），为我食指长度的约一点二倍，而其较短的两边，则较其更短。

当然，如果将其从目前所处位置上拿起来测定，会有更加精密的表述，但是对我来说，它是不可触碰的。我用语言对它进行记述，是希望赋予这种行为一点神圣的性质。我感到，必须要求自己禁欲。

那么，如果只根据有限的视觉做出判断，它是一种闪着银光的极薄的物质。参照过去的经验可以得出结论，它在外观上，是一种纸。表面并不平滑，呈所谓梨皮斑点状，上面，由 HARIS 字样的文字群构成的纹路清晰可辨。

　　它的固有名称我当然是熟知的。我不在此记述它的名字，并不是出于韬光养晦，无非是因为这才是一篇文章的主题。关于它偶然（所以才已经是必然）地存在于我的眼前的因果，我也不做叙述。因为，我会要求自己使用与此记述不同的另一个主题和方法。

小丑的晨歌

它不是在吗？不是什么吗？

没人对它进行表述，但我想，它的轮廓是清晰的。虽然无法想象它会永远保持它的位置，但我想，现在，它正微微地反光，还投下了影子。它不应该不在，不知何故，它似乎就是什么。

然而，如果它是什么，我们便可以认为，即便没人使用它，也不能认为它是什么都行。我感觉，我似乎希望它是个什么。它不应该不是什么，不是吗？如果它不是什么，那究竟能是什么呢？除了这什么之外，不不是什么都没有吗？

因为毫不暧昧，所以还不是什么吗？这个无法追问如果是什么那究竟是什么的什么，这个无法回答什么也不是的什么，这个不是什么什么的什么，你不觉得它这样很好吗？

贝壳、绳索、眩晕等等都太简单了，所以希望它是一个不是什么以外的什么！沉甸甸，又轻飘飘的。

　　说实话，我在想，世界就此开始就好了，或者——终结也好。

什么也不是之物的尊严

什么也不是的东西，什么也不是地一骨碌倒下，在什么也不是的东西和什么也不是的东西之间，有着什么也不是的关系。什么也不是的东西为何出现在这个世界上？想问个究竟却又不知道问法。什么也不是的东西，无论何时何地，都若无其事地躺倒着，虽然不会威胁到我们眼前的生存，可正因为什么也不是的东西的什么也不是的性质，我们才狼狈不堪。什么也不是的东西，有时会触摸汗毛浓重的手，有时会闪着炫目的光对眼睛控诉，有时会吵闹得震耳欲聋，有时会酸溜溜地刺激舌头。然而，如果什么也不是的东西同其他什么也不是的东西区别开，那么它就绝对会失去它的什么也不是的性质。将什么也不是的东西作为一个无限的整体把握，与将其作为多样而细微的部分把握并不矛盾，但什么也不是的（以下勾销）

——笔者无法什么也不是地讲述什么也不是的东西。笔者常常把什么也不是的东西当成它是什么一样去阐述。

量它的尺寸，争论有用无用，强调它的存在，表现它的质感，都不过是在增加对什么也不是的东西的迷惘。无法定义什么也不是的东西的理由，是在于语言结构本身，还是在于文体，抑或在于笔者的智力低下？断定个中缘由的自由，在读者一侧。

剪子

　　它此刻就在桌子上，我看得见它。此刻，我可以拿起它。此刻，我可以用它将纸张剪成人的形状。此刻，我甚至也许可以用它将头发剪去、变成光头。当然，要排除用它杀人的可能性。

　　然而，它还是一种会生锈的东西，以及会变钝和变旧的东西。虽然还能用，但是不久就会被扔掉。它是不是用智利的矿石制作的？德国武器制造商的库鲁普的手指是不是触摸过？尽管这些都已无从知晓，但是不难想象，有朝一日，它会像从前那样，从人类制作的形状中逃脱，回归到更加无限的命运之中。此刻，它就在桌子上，诉说着这段时间。它并不朝向谁，冷淡而无语，若无其事。人类制造了它是为了对自己有用，可比起有用，它首先是无奈地存在于此的。它不是那种只能叫作剪子的东西，它已经拥有其他无数的名字。我不用这些名字称呼它，这与其说是单单出于习惯，不如说是出于自卫。

因为，它如此的存在，有着从我身上抽取语言的力量，我会时时面临这样的危险：被语言之丝拆解开，在不知不觉间，变成比它还要稀薄的存在。

对杯子的不可能接近

　　它多半会呈有底面而无顶面的一个圆筒状。它是直立的凹陷。它能将一定量的液体保持在地球的引力圈内而不致使之扩散。其内部只充满空气时，我们称之为空，然而即便此时，它也会因光照而现出清晰的轮廓，它质量的存在不用称量，也会因冷静的一瞥得以确认。

　　用手指轻弹时，它会发生振动而成为一个声源。虽然有时被用作暗示，偶尔也会被用作音乐的一节，但是它的声响有着一种超实用的固执的自我满足感，直逼你的耳鼓。它被置于餐桌上。或被人握在手里，也时常从人的手上滑落掉。事实上，它会隐藏起因容易被故意打破、变成碎片而成为凶器的可能性。

　　然而，即便被打破，它也不终止它的存在。即使这一瞬间，地球上的所有杯子都被摔成碎片，我们也无法逃离它们。虽然在各自的文化圈，它们依各异的表记法被授予名称，但是对我们来说，它是作为一个通用的固定概念存在的，尽管实际上（用玻璃、用木头、用铁、用土）的制作会因伴以极刑的惩罚而遭到禁止，但是我们也一定无法从它依旧存在的噩梦中获得自由。

它主要是为了解渴才被使用的一个道具，尽管它不具备比两只手掌能在极限状态下被互相合拢或凹陷更多的机能，但是在现在多样化的人类生活中，时而在朝阳下，时而在人工照明下，它都无疑作为一种美沉默着。我们的理性、我们的经验、我们的技术使它出现在地球上，我们为它们命名，极其自然地用一连串的声音发出指令，但是它究竟是什么？——谁也没有足够的知识来正确地理解它。

关于我看杯子的痛苦和快乐

　　木桌上有一只透明的杯子，杯中盛着水。现在，六十烛光灯泡的灯光从左上方斜射过来，使杯子侧面的圆筒形玻璃的一部分呈现出极淡的虹色光谱。但是，它绝不是杯子和杯中水的修饰物。

　　水不是为解渴才被打来的，也许可以认为，它是哪位家人（或许是孩子）毫无目的地，或是作为一种游戏放在那里的。然而，尽管它的姿势极为平常，却给观者一种紧张感。这种紧张，不是由玻璃的质感所暗示的脆弱和水的质感所暗示的变化的可能性带来的，恰恰相反，这让人感到它来自其不动性。尽管如果有人伸出手，杯子和杯中水（和桌上的柔和之影），就会在瞬间之内受到破坏，但是，它现在存在于此的事实，已经让你无可奈何。

　　尽管其不动性与永远没有一丝一毫的关系，但对所有的人来说，它的出现就像一个谜。因此，不会存在任何描写和表现的语言，也不会存在任何描绘的绘画和雕塑。然而，它非但不会因此而变得暧昧，反而会因此而变得越发明晰，因其过度明晰，它甚至会使观看者慢慢接近"诗"的观念。是的，您啊，我现在在那里只看得到"诗"，太过眩目、全然触摸不到的"诗"充满着我无言的心，我最终还是焦躁起来，甚至感到一种近似于酩酊的安详感。

与无可回避的排泄物的邂逅

　　路面上有一堆来路不明的东西，我们也许会毫不犹豫地称之为排泄物。这带着透明汁液的高黏度颗粒状物质，映着白昼的光线。从它那带有无数若隐若现的气孔的表面上，我们可以知道，它不是被巧妙打造的蜡质工艺品。它臭气熏天，以至于让人感到它是有毒的，谁都有权利迅即避开视线、遮掩口鼻，且扫除它的义务，也不能说只有被任命为专业的清扫人员才绝对拥有。然而，我们将自己装扮成不许它存在的模样，而忽略了自己心里也会常常生发出它的等价物的事实，这哪里是卫生无害，无非是应当摒弃的伪善，甚至会导致我们迷失我们所生活的这个世界结构中重要的一环。

　　微而观之，它可以解体到分子的层次，作为与其他有机物无甚差别的一物质，在科学准备的目录中，占据它恰当的位置；宏而观之，作为生物新陈代谢、抑或食物链的一过程，对既有秩序的内部，可以说它有着谦虚的功能。

事实上，已经有几条蛆开始在那里生存，如果能够不带任何成见地判断，就连它的臭气，恐怕也和我们常咂摸的某种嗜好物的气味无甚距离。

然而，毋庸赘言，我们的感觉并不是流动的，我们会受到这些看法的欺骗。这块东西被光照射，风化、分解，变成尘埃在大气中浮游，在不知不觉中被我们呼吸进来。不能否认，此间，我们对它的存在怀着一种畏惧，这是事实。可以说，以这种形式面对它的人类精神，正是在这种畏惧中，暴露出了我们最难以明解的内心世界。

对苹果的执着

不能说它是红的，它不是一种颜色，它只是苹果。不能说它是圆的，它不是一种形状，它只是苹果。不能说它是酸的，它不是一种味道，它只是苹果。不能说苹果的价格有多贵，苹果只是苹果。不能说苹果美丽得有多么漂亮，苹果只是苹果。无法分类，又非植物，因为苹果只是苹果。

是开花的苹果，是结果的苹果，是在枝头被风摇动的苹果。是挨雨淋的苹果，是最终要被吃掉的苹果，是要被摘下的苹果。是落在地上的苹果。是要腐烂的苹果。是种子和冒芽的苹果。是没有必要称之为苹果的苹果。可以不是苹果的苹果，是苹果也无妨的苹果，不论是不是苹果，一只苹果就是所有的苹果。

红玉，国光，王铃，祝田，皇后，红先，一个苹果，三个五个一包装的七公斤苹果，十二吨苹果二百万吨苹果。被生产的苹果，被搬运的苹果。被称量被捆扎被取走的苹果。被消毒的苹果，被消化的苹果。被消费的苹果，被抹消的苹果。是苹果！是苹果么？

　　是的，就是在那里的，就是它们。就是那里的那个筐子中的苹果。是从桌上滚落的，被画到画布上的，被天火烧灼的苹果。孩子们把它拿在手上，啃它，就是它，它。无论怎么吃，无论怎么腐烂，它都会一个接一个地涌现在枝头，闪着光盈满在店头。是什么的复制品？是什么时候的复制品？是无法回答的苹果。是无法提问的苹果。无法讲述，最终只能是苹果，现在仍是……

一部限定版诗集《世界的雏形》目录

——献给入泽康夫[1]

　　将下列物件收入一个有限大的容器，这部诗集即由此而成。正在申请创意注册，系非卖品。

1 羽毛。拾于街道。可能是麻雀胸前的羽毛。

2 发条。黄铜制品。直径约十五毫米、长约五十毫米。

3 明信片。寄信者姓名无法判断。

4 橙色玻璃纸片。遮在一只眼上可观风景。

5 硅酮整流元素。IN34 或同类。

6 妄想竹子。为明确起见，记学名于此。Phyllostachys heterocycla var. pubescens

7 纸飞机。以一九七三年出版的任意一部诗集的一页为材料。

8 砂。一小把儿。注意保持干燥。

9 糯米纸。日本药局的药方。

1　入泽康夫（1931～ ）：日本战后重要诗人之一，法国文学学者。1966 年获第 16 届H氏诗歌奖。1998 年被授予紫绶褒勋章。

10 国有铁路美幸线、仁宇布·东美深[1]间单程票。未剪过的票。

11 蓝色不明物、一个。

12 加盖着东京都杉并区政府公章的死亡通知书、一份。

13 口琴。

14 非常时期，可将此诗集完全破坏的适量炸药。所谓非常时期意指何种时期有待读者判断。

15 物件 4 的玻璃纸太大时使用的剪刀。亦可用于物件 7 的制作。

16 尚未被命名的物件。虽然构成它的各个零件为针叶树的叶子、果汁软糖、生锈的短钉、雾状液体、微弱的超短波振荡器、约三百克肉馅等有正确名称的物体，但其整体无法称呼。

17 C30 型盒式录音带上所录数人的呻吟声。

18 密封的旧火柴盒。

19 蓝色不明物件、又一个。

20 简朴，且有某种祭祀意义的物件，诸如白木筷子之类。或白木筷子本身。

21 为保证压缩物件 2 的位置，钢制镀镍的小装置。

22 因热度而扭曲的唱片一张。有可能为盗品。

23 葵花籽、一袋。

24 五万分之一地形图长野六号、版权所有印刷兼发行人为

---

1 仁宇布·东美深：车站名。

98

地理调查所。大正元年测图昭和十二年修订测图。

25 水果刀。

26 梳子。已经用旧。

27 木制陀螺。

28 红色铅笔一支。作为与其说记录文字，莫如说为抹消文字：即对语言的一种凶器。

29 味精、或许是天字第一号。

30 任意一份报纸连载漫画的剪报。数量不定。

31 对某特定个人来说具有某种特定意义的纪念物。重量五公斤以内。

32 足够购买物件 10 的货币。但是，只限于该物件欠缺时。

33 取消物件 6。作为一种推敲的结果。

34 物件 23 生长所需土壤。含降雨及日照。即这部诗集如果没有不固定读者的参与，就无法成立。

35 有可能实现物件 34 的时间。

36 测量物件 35 所需的日历。

37 原子弹。最古典的一颗。附有简明使用说明书。

38 取消物件 14。

39 按照收纳物件 37 的指示，产生这部诗集的可行性极小。无奈，只好采用通过诗集目录而不是诗集这种办法，使诗歌成立。即下一个物件成为急需。

40 小词典。最好是已经绝版的。

41 撤回物件 27。伴随文体变化而做出的应急处理。

42 抹消物件 5。同上。

43 消去物件 15。同上。

44 消除物件 25。同上。

45 物件 45 空缺。

46 在一九四〇年前后，被称为纪元节的节日，向小学生免费赠送菊花形[1]的红白色点心。

47 蜘蛛网。一张。

48 面具。

49 乱作一团的毛线团，一个。

50 受民法制约且至少被歌唱过一次的物件。

51 用途不明、有茶色光泽的物件。

52 作为嫉妒的结果，被破坏尔后又被修复，留下记录的物件。

53 猥亵且不断增殖、在盐水中泛红。

54 旗帜一面。随微风飘展。

55 按手印或署名。有法律效力的物件。

56 大约三公顷红薯地。

57 黑人女子一生所分泌的唾液。

58 数代画家持续描绘的贫民窟的工笔画。

59 搞到手最大的石质陨石碎片。

60 为抑制此目录不可避免的膨胀及加速，保留包括已经取消、抹消、消去、消除、撤回的物件 1 乃至 59。在此略去

---

1 菊花形：代表日本皇室的特定图案。

此行为所带来的这部诗集及诗集目录的相对变化。

61 如果此目录作为第三种邮件 [1] 得到任何的印刷品被复制时，将该印刷品的所有页码用麻绳横捆绑后，收纳起来。

62 能够收纳物件 61 及保留中的所有物件的容器一个。

63 解除物件 7 的保留。

64 在容器外保持足够的使物件 7 得以漂浮的大气。

65 该目录的作者，申请解除有关该目录一切法律、道义、艺术责任的申请书一份。申请对方为不固定读者。

66 解除物件 23、34、35 的保留。

---

1 第三种邮件：即日本邮政省承认的具有特殊优惠的邮件。如报纸、杂志等。

推敲去我家的路线

> "啊！松鼠！"少女叫道，手中的扇子不意滑落。
>
> ——《去我家的路线的推敲》

从丰岛区的池袋到西南方向杉并区的荻洼，直线距离不过九公里，但地铁丸之内线，却因特意绕道，途经茗荷谷、御茶水、东京、银座、四谷、新宿而受到好评。很遗憾，我家在终点荻洼的前一站，即南阿佐谷附近。在南阿佐谷站走出到地面，就会别无选择地站在了青梅街道的人行道上。如果从那里往东走，路南就是杉并邮局，然后是杉并警署，路北，现实中坐落着杉并区政府，接着，我想该有一家体育用品商店进入视野了。在它的拐角处向右一拐，和青梅街道告别就对了。

如果走这条路，不用拐什么特别的弯，过了杉并水道局，只下一个缓坡，就会迎面遇到住宅公团阿佐谷小区。而且，最后的几十米处，还有一个网球场。所以，如果说走到头

左拐、遇到公用电话亭后再左拐，其实就等于是绕网球场半圈。（只是，第二次左拐后，会在右方看到杉并税务署）

之后就简单了。捡附近任何一个狭窄的十字路拐进去，你都得再拐一个。你或许会遇到一两家市俗的小烟铺，但你完全没有必要在那儿迷路。因为没有悬崖和人造湖之类的东西，所以事实上可以无视危险。穿过墓地间夹缝般的小径，那家蔬菜店可以成为标志性建筑。

当然，蔬菜店的隔壁是卖酒的，它的隔壁是卖点心的，然后是齿科医院、油漆店、书店、水果店，周围的共同体就这样连接在一起。往北，过了青梅街道，它变得越来越高密度化，最后被收敛到国营电车阿佐谷站。当然，从这一站也能徒步走到我家。

完美线条的一端

　　一枚树叶，在完美线条的一端。尽管叶脉纯属一种功能，却在实现着自我，仿佛期待着被我们读懂。（它几乎可以说是被画上去的）也许，把它当作预言阅读的人应该在僧院里死去，把它当作设计图阅读的人应该患上癌症。而把它当作地图阅读的人要在森林中迷路，把它当作骨头阅读的人，最好歌唱着秋日的长昼过活。

　　即便抵挡住这般诱惑，不去从中阅读什么，但是，很显然，我们依旧无法摆脱人的尺度，完美的线条，已经被封在了任何视线都无法到达的彼岸。就算是一根瘦木，也不厌其烦地体现着这一点。不光是叶，就连伸向空中的树梢、捉弄土壤的根须、甚至脆弱的枯枝，也都体现着。

栖息的条件

缓缓地隆起，形成一个浅浅的进深，再斜向伸展，扭曲着被折成几折——

时而松弛，不断地微微膨胀，（其整体上为流体）同时向上方上升，转瞬之间找到平衡，但是下一个瞬间就软软地歪斜，然后很快就静静地扭曲着滑走——

不知不觉间洞开，不知不觉间紧缩，表连着里，圆滑地反转，（爆发地收敛）再泡胀、弹跳、痉挛、结块、融化！

颤颤巍巍、模模糊糊地沉淀、抽动着，（卷曲收缩着）因此默默无言地——

力从彼方来，力在此生力，力与力较量，被力之网捕获一般挣扎着，又因力而无限地扩展开去，在决不会被切断的不规则性中，孕育着来路不明的律动，漫无边际——

（看似回归，迷失方向）

没有微观也没有宏观。星星摇篮里的肉质摇篮，我们栖息，享受无限的眩晕。

关于灰之我见

　　无论多么白的白，也不会有真正白的先例。在看似没有一点阴翳的白中，隐匿着肉眼看不见的微黑，通常，这就是白的结构。我们不妨这样理解，白非但不敌视黑，反而白正因其白才生出黑，孕育黑。从它存在的那一瞬间起，白就已经开始向黑而生了。

　　然而，在走向黑的漫长过程中，不论经过怎样的灰的协调，在抵达彻底变黑的瞬间之前，白都从未停止过坚守自己的白。即便被一些不被认为有着白的属性的东西——比如说影子、比如说弱光、比如说被光吸收的侵犯等，白在灰的假面背后发出光辉。白的死去只是一瞬。那一瞬，白消失得无影无踪，一种完整的黑顿现。然而——

　　无论多么黑的黑，也不会有真正黑的先例。在看似没有一点光亮的黑中，隐匿着肉眼看不见的遗传因子一样的微白，通常，这就是黑的结构。从它存在的那一瞬起，黑就已经开始向白而生了……

玩水的观察

先是被水濡湿的足迹消失，然后是可爱的酒窝和圆圆的眼睛消失。一旦桃色的手指消失、乌黑的卷发消失、膝盖消失，不消瞬间的功夫，蓝天消失了，花朵消失了，接着，所有的文字也都消失了。当然，士兵们消失，锥子、铁锤、钳子等工具也消失，由此足以推测出，思想也一定消失了。就是说，从最确定的东西到最不确定的东西，全都消失了。

将这种状态描述为一切都消失了，那是懒惰诗人惯常的手段，其实，"一切都消失了"也消失了，意味着"一切都消失了也消失了"都消失了，然而，还来不及被这种文字游戏弄得神魂颠倒，在下一个瞬间，一条活蹦乱跳的鳟鱼就出现了。也来不及细想，紧接着，小河，还有无主的皮包、六法全书、午后二时十三分出现了，此外，恋人们也开始出现。然后一瞬之间，被水濡湿的足迹重又显现，那位SXXX小姑娘（五岁零五个月）裸露的肚皮和中间漩涡般的肚脐以及兴高采烈的笑颜也出现了。

世界末日的细节

　　没有风，青苹果却从枝头落下。被放出的羊们叫起来，直到入夜也咩咩不止。咯吱吱的门扉变得和羽毛一样轻，书签从书页间滑落，刚刚竣工的歌剧院里，歌声突然无法传到观众席。彩玻璃上爬满裂纹纯属无奈，可孩子们的不再哭闹却叫人难耐。蚂蚁回不了家，在草间游移，音叉时钟的音叉普遍高了半个音，它开始鸣响时，袜子提了多少次也还是一味地下滑，桌上的腿麻了，壁纸生了麻疹。然而那种被称为嫉妒的情感，却非但没有消失，反而越发强烈有加，因无一可以决定，家长们的腹部或硬结为板状，或凹陷成船底状。咖啡豆的库存见了底，侧视的水兵凝望正前方的时候，动物园的骆驼傻呆呆地走上街衢。星星像瘫了双腿蹭到一起，铁质的雕刻被大锤铸就，曼陀罗的佛们撩起衣衫下摆，溯流而去，孕妇们浑然不知地排成队，所有的事件都成为下一个事件的前兆，然而勋章照授，只是世界的细微之处开始丧失其凸凹和特有的臭气。

螺旋伸直，直线忘记了紧张而弯曲，圆扭曲了，平行线向外互相背离。就算想笑它的滑稽，肌肉也已经不属于皮肤。镀锡的白铁皮碎片一样的东西不断从空中飘落。白痴的脸上，终于驻留下人类无法实现的睿智的影子。大气被真空吞噬。地球上所有的语言，不论是有文字的还是没有文字的，都收敛为 O 形的叫声，沉默缓缓地将这叫声卷入漩涡、紧紧抱拥的时候，一粒蒲公英的种子，想要到达地上却又无奈地在脸颊一带游荡。

模拟解剖学式自画像

　　我吃了草莓。我有一颗金属填充的臼齿。我看到了一棵不知名的树木的嫩叶。我有虹膜。我往胶合板上钉了钉子。我有上腕二头肌。我反复哼唱记忆模糊的一段歌曲。我有舌下小丘。我嗅到了在中杉路的空气中擦肩而过的女人化妆品的香气。我有龟头。我一边查辞典一边写下几个字。我有指间球。我因不知什么重要，所以我把我写个没完。我有侧头叶。

　　我被拒绝了解自己到底为何人。尽管如此，我还是含有苯基丙酮酸。我有仙肠关节。我发现自己对友人的不幸心中窃喜，而它正是支撑这种构造的物件之一。我还有麦斯乃尔触觉小体，可以在电车中感知向我靠来的醉汉汗溚溚的皮肤，但却不想承认他的神经胶与自己的神经胶同出一辙。我难免自己在死掉之前是自己的俘虏，这让我感到轻微的晕眩。我有蜗牛导管。它通过地球重力，与未知的星际物质接触。我总会在焚尸炉中被烧却。只留下一个甲状软骨。

祭祀仪式备忘录

平举起你的双臂！为了你所属的空间！平静地重复你的呼吸！为了你出现的时间！你睡吧！为因侮辱而伫立！你闭上眼睛吧！为因恐惧而知晓！

用嘴唇沾沾水吧，为了显示人类的饥渴！用脚踩踏荆棘吧，作为一个伪善者！焚香吧，与他人分享大气！摇响铃铛，作为对沉默的负荷！

不要遵从惯例！可以即兴，可你不要占卜！不要预言！

不要披上死去鸟儿的羽毛！你不如用连根拔除的草装扮！不要用任何随从陪伴！也不要建造过高的祭坛！不要为任何事祈愿，只呻吟就是，不要用任何语言！

用你的拳头擂击大地！为证明对宇宙的顺从！用你的手掌遮掩面孔！为接近死者！要跳三跳，为了幸福的同胞！要自报家门，为了不使恶骂浪费！

要流血，成为牺牲品，但是不要死！要活下去，挥舞五色彩巾，仿佛漫不经心的魔术师！

风景画从画框里流出吗？

画家画了一种与眼前的物品完全不同的东西，而且，它也与我及我心想的东西完全不同。位于近景的似乎是司空见惯的眼药水瓶，中景为天空，远景有类似动物脚趾一样的东西。同时，由于所有的东西都是用近乎深棕色的色调画出的，所以在整体印象中它就像是一块橡木厚板多样的木纹。

也许没人能够指明这是哪里，甚至也没人敢说出这是什么。然而，这幅画丝毫没有抽象化，也没有与任何人的心绪相对应。这样的画当然不能期待它是什么室内的什么壁画，然而正因如此，画或者画家也不必受罚。它只是对现世无数事物的、偶然却也因此而诚实的窗子一样的东西，我们透过那扇窗所看到的东西是什么，则永远被隐藏起来。

也许，只有做工精细、成为沉默匠人手掌的镜框，是可以推测出那幅画的价值的唯一根据，然而，没人能够保证画面不越过镜框流走。

打开的窗户的例句

　　窗户被打开了。打开的窗户被扭曲的风之绳与风景相连接。不，打开的窗户往往只能被我那焦点外移的视线观察到极小的一部分。不，打开的窗户是被不断褪色的黄土色涂料装饰着的。不，打开的窗户借助于流动、填充在开放处的空气，将室外的细微声音传播到室内。不，打开的窗户以其被打开的状态，记录着打开它的人几分钟之前的行为。不，打开的窗户将数位匠人的技术，低调地展示了半个世纪。

　　不，打开的窗户是一个琐碎的幻想。任何细节的描写都不过是为说话人语言的抚慰而准备的粗野材料。不，打开的窗户作为一个无用的观念，使一个人和另几个人之间产生瞬间的不安定的连带。不，打开的窗户表征着眼下这个瞬间被打开的不可计数的全世界窗户的总量。不，打开的窗户是不断由实在向比喻滑落的动荡的映像。不，打开的窗户，不论在多么错乱的文脉中都不会遭到破坏。不，打开的窗户是无意义的。不，打开的窗户传播憎恶。

　　一只蚂蚁沿窗框爬行。窗户被打开着。

被隐藏起来的名字的命名

　　第一个名字与恐怖一同被唤。第二个名字因惊愕而无法出声。第三个名字是野兽的呻吟，第四个名字不过是叹息。第五个名字趁着黑暗无声地私语，第六个名字已经成为禁忌，第七个名字与不幸的笑声无法分辨，第八个名字是诅咒，第九个名字是喃语，第十个名字已经暗示出阶级。第十一个名字和第十二个名字当然是闲言恶语，第十三个名字借用了其他的名字。第十四个名字是懒惰的拟声词，第十五个名字在被叫出口的瞬间变成死语，第十六个名字不被重复，第十七个名字将人赶向死亡，第十八个名字对其进行解释，第十九个名字是一个只是名字的名字。第二十个名字是一个包罗万象的名字，第二十一个名字什么东西的名字都不是，第二十二个名字轻而易举地挂在万人的口上，第二十三个名字睡眠一般令人愉快，第二十四个名字在似梦非梦间被传颂，第二十五个名字指示着彼岸，第二十六个名字终于无名……

于是，及至第二十七个，名字终于成了语言，名字生出名字，名字为名字命名，名字否定名字成为新的名字，名字像癌细胞一样不断繁殖，而且所有的名字都被记载到了辞典里。然后，幸免于此的上述二十六个名字，已经没有了相应的音声和表记，被埋到了人类的胫骨里。

na

十月二十六日午后十一时四十二分，我写下"na"。"na"的意思为，一，日语中的一个平假名文字；二，可以用"na"这个音指代的事物的幻影及可以联想到的一切，就是说，"na"中包含着始于"na"、终于全世界的可能性；三，我写下"na"的行为的记录；四，以及与上述一切共通的内在的无意义。

十月二十六日午后十一时四十五分，我用橡皮将写下的"na"擦掉。"na"后面的空白的意义，是对前述四项的否定，以及不可否定的事物。就是说，如果不记述写下"na"及擦掉"na"的事实，那么对他人来说这些就并不存在，因而其行为也就不复存在。然而，如果加以记述，那么无论我做出怎样的行动，都将无法否认"na"。"na"就这样存在了。十月二十六日午后十一时四十七分，我无法背叛我生存的形式。无法超越语言。甚至只是因为一个"na"。

咽喉的黑暗

之所以将唯有凭依人的肉体和肉声才得以成立的 exercise 以脚本或记录乃至梦幻都无法捕捉的形式活字化，并不是因为别的什么，而是只限一时一地的人的肉体和声音的鲜活，在我心中诱发了语言。

用语无伦次的信口开河、姿态做派和模仿学舌，我将它们的轮廓传达给集体十四行诗的各位演员，他们虽然困惑，却也用无常的手、腿、咽喉、嘴唇，一瞬之间在半空中现出幻影。它们将通常的语言所无法给予的战栗给了我。

然而，以下文字群的活字，却与此类事件相去甚远。

一 鸟兽戏画

那里站有几个男女。站立的时间可为拂晓，亦可为白昼，站立的场所也是自由的。如果是自娱自乐，那么他们可是荒野的一点；如果是想让观众看到，那么他们就不妨是在舞台上。他们没有必要接受作为职业演员的专门训练，也许，他们首先就不是他们而是我们。

起初，他们似乎是沉默的。可是你侧起耳朵，就会听见他们身体发出的声音、血液的循环和心脏的跳动，还有呼吸和消化器官的声音。也许，你甚至还会从中听到他们那现在正要说些什么的身体的弹性。

他们嘴唇微启，从那里，露出几近呼吸的私语。那是怯懦而又敏感的小鸟的低吟，它们觉察到厚厚的云层那边，太阳正在升起；那还是幼兽们的鼻息，它们尚未睁开眼睛，就在找寻母亲的乳房。

慢慢地，这些声音增加了种类，也加大了音量，虽然丰富得足以覆盖地球上动物区系的全部，但是并不要求你对每个鸟兽的鸣叫声做忠实的模仿。

　　比如说鸡、比如说牛羊、比如说猫狗等家畜，我们自然可以模仿乃至再现，然而，由于其他种类的鸟兽属于我们的想象世界，所以我们会使用人语之外的我们所能发出的所有声音。但是，不管这些声音有多么奇怪，当然都远远不及现实中鸟兽数百万年来发出的鸣叫声。

　　声音持续了几分钟之后，渐次沉静下去，虽然最后静谧得几乎什么都听不见，但它还是不间断地开始向下一轮过渡。

二 呻吟的赋格

　　一个男人和一个女人站在那里，他们中间隔着一定距离，也并不是相对而立。两个人仿佛都没有注意到彼此的存在。也许，他们都很自然地闭着眼睛。

　　可以看见二人的胸部因呼吸而缓缓起伏，肩部也在一上一下。寂静之中，我们的耳朵可以听到一些细微的声音。那声音断断续续，给人一种好似在空中飘浮的印象，但是很快就会让人明白过来，那是他们俩发出的呻吟声。

　　极其缓慢且有着不规则周期的两个呻吟声时而孤立，时而互相纠缠着，一起前行。前方也许可以说是很音乐的。被慎重控制的渐弱、渐强往往带来音的强弱抑扬，从轻缓到中强。

　　呻吟声仿佛传达着肉体的苦痛，又仿佛无意识地表现着性的快乐。也许有时候，还可以理解为，在无计可施的情况下，极深的精神不安因了这呻吟声而勉强得以释放。

　　不管怎样，如果呻吟声只让人联想到一种情况，那就是很深。虽然它的确是从二人的喉咙里发出的，但是听起来，却又像是一个肉眼看不见的东西，正以人体为笛，吹奏出超越人类的情感。

　　（似乎是为了防止呻吟的抒情，蹲在二人背后的几个人影，有时会发出几声日常的咳嗽。）

三 点画法

这里的每个人虽然都还没有意义，却又都可以说是显然不同于鸟兽鸣叫的人类发声的单位。其过程毫不圆滑，甚至笨拙、努力得有些荒诞。

这是因为，那些新的声音并不是依各人的意志而发出的。至少，在最初很短的时间里，它是以打嗝儿一样有些滑稽的形式，从内部涌上来的。

用尚未有意识地使用过的声带、舌头、牙齿和上颚，发出有着某种秩序的声音，哪怕仅此一声，也是一种巨大的意外抵抗行为。有人尽管口吃也要吐出声音，有人强行使用肌肉，想赋予声音以声音。

然而，在与涌上来的声音的格斗中，人人都不知不觉将其调驯，还更进一步，自己创造了声音。各人单枪匹马各自到了这里，但是此间它们记住了，将它们驯化了的声音投向自己以外的人。

这是一个纯洁无邪的游戏。没有任何意义，但那因寻求伙伴的人类的情感而带电的声音，在空间像球一样飞舞。

那声音几乎只是由一个单纯的音构成的，但是在一群人中间，它也会被听为一种未知的语言体系。而今，每个人似乎都有充分的余裕，发一个有别于新声那多元声音的音，然后听辨，欣赏它的千变万化。

四　呼其名

音与物结合的时候，就产生了名。我并不是要说明性地追踪语言的发生，只是，此前一直被认为是毫无意义的一个音——比如说"mu"这个音和手指真真切切所指的眼睛相结合的时候所具有的某种冲击，不知为什么，也会存在于这种不上不下的场合。

"眼"、"牙"、"耳"、"手"等名称，却是决不会同欢喜或者爽快的感觉一起出现的，而是与苦痛乃至嫌恶一同产生的。也许人人都要伴随着严重的口吃症状，在这里再次成为无法驾驭之物的浮面，但是这不会很长久。

他们马上就会因习惯名称、命名名称开始发现这个世界。孩子般的热心、惊奇和敬畏支配着他们，人人都互相称呼彼此的身体、衣装、携带品的名称。

各个名称被——郑重地发音，甚至被抒情地反刍。于是，名称便急剧膨胀开来。就是说，他们开始将在周围看到的所有的物和存在的所有的人的种种杂多的名称，如饥似渴地叫个不停。

　　始于眼前具体物的具体名称的一种祭祀般的狂热，必然抽象化，然后又不得不转移到想象力的世界。名称唤起名称，联想招呼联想，各人都变得对现实世界充耳不闻、有视无睹，执着于自己内部的语汇。

　　他们甚至没有时间思考一下，与那些名称相对应的实体究竟是否存在，便接连不断地大呼其名。那些名称已经不具备任何机能，也并未畅通。名称像念佛诵经一样，不可思议地成了咒语，最后甚至称呼名称的行为，都似乎埋没在了疲劳之中。

五 "阿"和"依"

"阿"和"依",是日语五十音图最前面的两个音。这单纯至极的音,是在名称的洪水中被再次发现的。在叫遍泛滥的所有的物的、所有的观念的、所有的现实和非现实的混合的名称的人们空虚难耐之时,他们便退化成婴孩,开始把"阿"和"依"当作玩具,就像这也是一种突然流行的习俗。

他们只说"阿"和"依"。仿佛是玩赏"阿"和"依",怜惜"阿"和"依",他们用各种方法发音,并试图在这两个音中注入所有的感情,像是自己的某一部分变哑了。

他们只将"阿"和"依"当作语言跟别人说话,并希望别人也只用"阿"和"依"这样贫乏的语言来应答。在某种意义上,他们如同为"阿"和"依"请求布施的化缘僧一般禁欲;在某种意义上,他们又像一群接受集体疗法的精神病人一样病态。

他们周围的与他们无关的村民们,或者过路的人们,或者，如果把那里看作是舞台，那就是观众们，抑或是我们，是侮辱过来搭话的他们呢？还是会用不到位的语言和他们搭讪呢？

不管怎样，在某段时间的持续之后，每个人都定会离散孤立，遭到遗忘。在失望的最后一瞬，"阿"和"依"的音终于在一个人的唇上连接在一起，明确地发出"爱"这个词的音。然而，如此发声的那个人，却已经无论如何不能在自己心中把玩这个词的实体了。

尽管也许他或者她第一次领略所谓的意义。尽管他们也许是第一次正要将一篇文章诉之口端。

然而，谎言的语言，只好混入真真切切写在这里的、无止境的人类语言那不定型的宇宙中。瞬间汇集来的数名男女，也在不知不觉间散去，远处不断传来人的声音，仿佛是在证明世间没有完美的沉默。

褴褛

诗歌
在天亮之前
诞生

梳理
乱糟糟的
语言

什么都未曾
施舍
只是蒙受恩赐

瞥见了
开线处的
裸身

又是
我缝补的
褴褛

小憩

——写于苏州[1]

松影映落白墙

桃花空中绽放

新茶渐渐地沉入杯底

乱纸涂鸦

寄托生涯

悔恨别处有

远即近

近

亦远

占卜逢吉

难得

这一好日

1　该诗为诗人 2001 年 3 月 29 日应邀访问苏州玄妙寺时所作。

房间

宛若妖精
在房间飞转的
四分音符

音乐
决不会
泄漏秘密

语言
徒劳地
求爱

今天
向着寂静
死亡

拒绝

山
不拒绝
诗歌

还有云
水
和星星

它拒绝的
总是
人

以恐怖
憎恨
和饶舌

手脚

无依无靠的
今天
有手

有脚
也有肩膀
还有脸

发出语言
又将语言
牢记心中

在餐后的
盘子之间
与人笑

坐着

在半阴半晴的午后
坐在沙发上
像剥出的蛤蜊肉

有不得不做的事情
却又什么也不做
心荡神驰地

美的东西总是美的
丑陋的东西
也有美丽之处

只是居于此
便已了不起
我将变成非我

站起来
喝水
水也了不起

影子

静静流淌的河
低着头
目送远去的树木

沿着红褐色墙壁走
变成影子
延伸到街头

想把有形之物
溶化在
大气层

想把有语言的东西
归还
寂静

在傍晚的床榻
等待
睡眠

然后

如果到了夏天
蝉
还在鸣叫

烟花
在记忆中
凝固一起

遥远的国度
朦胧恍惚
宇宙就在鼻尖

人能够死
该是何等的
恩宠

只是
将然后这个接续词
留下

依然如故

熟悉的死者
仍面对旅行箱
束手无策

灵魂都找腻了
面对杏仁豆腐
我们都是幸存者

雨停了
阳光微弱的天空现出亮色
行情当街闪烁

一切依然如故
向着回忆
移动

明信片

泛黄的
明信片
还留着

削割
积淀的
时光

直到清澄的
血
渗出

死亡带来
幻像的
肌肤

水

无法学习的东西
在失去学习对象的心里
涨满

眼里映着花影
鼻子嗅着
鱼的内脏

语言的
浊流
涌入耳朵

衰老的舌头
发痒的皮肤
颤巍巍的身子

口里
含着水
仍还是渴

叹息

叶脉
在晨光中
透亮

天空
隐藏起
星星

哭泣的幼儿
笑的恍惚
汗水、血以及尿

如此
无懈可击的
自然

不为死
生悲
只为活着叹息

夜晚

夜晚
不知从何处
响起水滚的声音

微量的
毒
是药物

人
无意地
侵犯人

没有语言
流淌的是
心

向着人
向着黑暗
向着微弱的灯火

静物

又复原成画布上的
静物
犹如故乡

然后被路上成群结队
喧哗的眼睛
凝视

变成水罐中的水
变成一串葡萄
变成垂下的布

梦早已醒来
却无法从画框
和这种肃静里脱出

被饥渴而又
漠不关心的目光
曝晒

窗

正在发生的事
虽如此单纯
其缘由却十分复杂

从窗口照进的阳光
照不到
心中

午后
老鼠在天棚上
逃窜

在平面液晶中
敞开的窗
无限重叠

从那里
看不见
你的眼睛

歌声

是谁
在歌唱着
我

以云的曲调
以树木的
和声

迟早会停止
心脏的
韵律

但歌声不绝
赞美着
你

水的旋律
流动在
河底

夜的休止符

响彻在

废墟

正午

蛇
在落叶上
爬行

甲壳虫
在树洞里
假寐

人
走出
这个正午

对光亮
失明
心空空荡荡

额上有疤
脸上有痂
胸上有刺青

脊梁上

背负着

曾经的爱情

小石块

时间
使我
变得愚钝

棱角
被日子的涟漪
磨损

黝黑的
肤肌
映着天空

在幼儿的
手掌上
恍惚不定地

跌落而下
向着无耻
……向着无

脸

脸
在世界上
只有一张

脸是
露头的
命运

在镜子深处的
黎明里
困惑

将另一张
脸
寻找腻烦

在心灵的夜晚
等待最后的
日出

羊水

人
沉默寡言
在远方

古老的
华尔兹
鸣响

听得见
梦的
静寂

现在的过去
过去的
现在

羊水的
窃窃
私语

嘻嘻嘻

女人说
我生了条鱼儿
马上放回了大海

嘻嘻嘻抿着嘴儿笑
我走在大街上
人厌倦了人

现在要做什么呢
去见
死去的朋友吗？

一无所知
一无所知的我
暂且翻开口袋书

唯有好天气
才会涌上
心头

睡床

那个女人在睡
别的那个女人可能也在睡
回到幼年痛苦不堪

被遮掩的乳房深处
跳动的心脏
镌刻着时光

生命泛香
在带着体温的
床单之间

睡床
一边梦想爱情
一边酿造恶

我

受惠于
乳房
和轻微的声响

受惠于
天河
和叶上的蚂蚁

那时
曾在
那里

那就是
我
回归大地

血

男人
为战斗
流血

女人的血
是为了
新的生命

子宫
是不歌唱的
华彩乐章

是怀疑爱情的
最后的
堡垒

某日

啾啾

鸣鸣

鸟叫个不停

为早晨的

讣告

安心

友人的

悄然

怀孕

扔掉

变质的

干点心

午后

我怀疑起

自己

味道

权威
哪儿都
没有

有的只是
露出的
性器

挺立着
凹瘪着
夜晚

已经稍有
骗人的
味道

冬天

枯枝是
世界的
骨骼

静谧是回答
寂寥是
欢乐

不知为何
将为何
忘却

走过
树丛的是
冬季

泥土

记忆是
茫茫
暮色

在衰老中
后悔也
散发微弱的光

已不再绽放
花朵们的
种子

现在还在播种
让泥土
歌唱

花瓣

是音乐
苦涩的
回声

回忆濡湿
记忆
干涸

漫山遍野的
百合
花瓣

虚空里
也盛满
蜜

这样

不写也无妨
但还是这样
写下

铅灰色的
记忆中
大海风平浪静

与其
与一个人交谈
不如写

小小
码头上
濡湿的沙

非语言之物
凭靠于
心中

踩出的路

延伸到

海角

附录

物的声音
——谷川俊太郎诗集《定义》论

一、天平上的词汇

　　如果时光能够倒回的话，我很愿意再回到诞生《定义》的 1975 年。用那时我还是 10 岁的少年的好奇心，去聆听一支德国制的 HB 铅笔被我现在握过无数次的手握着在纸上走动的声音，甚至莽撞地去敲开位于东京都杉并区那一幢有点欧风格调建筑的朝东开的门扉，我会像进城的乡下的孩子，怯弱和腼腆，甚至自卑地不敢用自己的目光正视身居在大都市里的诗人谷川的目光；或者在想像的世界里遇见被称做是北轻井泽森林里别致的木造别墅，在森林里，那时的我一定活泼得像一只栖息在诗人岸田衿子肩头上的小松鼠 [1]，活蹦乱跳地在小别墅的周围，吸引和扰乱诗人谷

1　参阅谷川俊太郎策划主编的柿沼和夫摄影集《肖像——美的巡礼》（TBS 百科全书出版，2002 年 11 月）。

川的注意力……我没有向谷川本人确认过《定义》是写于东京的宅第还是森林中的别墅。近30年过去了，去追究这些似乎有必要却不太重要，重要的是《定义》在思潮社出版的1975年，在人类的记忆里留下烙印的"战争的20世纪"里的越南战争结束了。

虽说《定义》的写作与战争和当时的国际氛围毫无关联，有关联的应该是《死去的男人遗留下的东西》那一类诗篇。但从谷川出版的70余种诗集来看，《定义》《忧郁顺流而下》《夜晚，我想在厨房与你交谈》《日语的商品目录》《诗歌日历》等都是与他整体创作风格迥异的作品。这一点或许是谷川自己在随笔里所言及的"很快就会对一种创作手法产生厌倦"所致。这里的厌倦其实我们没有理由不把它理解为诗人背负着探索诗歌的使命。回顾谷川半个多世纪的创作历程，虽说他在每个时期的变化并非大起大落，但变化一直贯穿着他的整个创作。五六十年代的谷川基本上是倾向于"纯诗"写作的，其中诗集《二十亿光年的孤独》《六十二首十四行诗》和《旅》最为典型。这类作品完全可以用保尔·瓦雷里（Valery，1872～1945）在1933年提倡的"纯诗"理论来界定。观念与形象的统一无不在他更多的诗篇里流泻出感性的光芒。语言的机智与多变，直觉秩序的建构，诗性的饱满和形式逻辑的完整……想像、感觉、灵感和创造在他的作品里得到了有机的整合。使我们很难觉察出他的作品里含有非诗歌的杂质。早期的20年对谷川而言，变化在他的创作里称作"小变"也许较为合适。到了七八十年代，谷川的变化轨迹才可以说十分明显地凸现出来。《定义》可以说是他求变的一个顶峰。

　　诗集《忧郁顺流而下》的探索和前卫精神以及所具有的超现实主义意味很值得探讨；《日语的商品目录》里的叙事性和荒诞性以及诗人在文本里力图拓宽诗歌表现空间所做的努力更值得关注。与前面的两部诗集相比，《夜晚，我想在厨房与你交谈》则以轻快的口吻和交谈的语调进入文本，使其语言显得流畅自然并带有实际的意味。这显然是与谷川以往的诗歌文本相背离的。而《定义》这本诗集的构成以及每一篇诗章的结构更显得独特。它的独特在于诗人用表记的文字集中地将每一个诗篇的意思和意义穷追不舍地根究到底，以最大的限度让语言恢复到更原始的秩序以及让语言回归到语言的本源，从而为自己对定义的命名找到立足点，使其定义在词汇中水落石出，并使其存在的意义呈现光彩。在有些诗篇里，如《非常困难之物》《小丑的晨歌》《关于灰之我见》《剪子》《对杯子的不可能接近》《关于我看杯子的痛苦和快乐》等，即使使用虚构主义和隐喻的手法，或者以虚实交叉搭配的方法，其模糊的概念并不影响对语言本意的澄清。诗人在这里扮演的仿佛是语言律师的角色，想方设法为定义的真理辩护，从而为向着意思和意义的命名能够成立找到力证。在这部诗集里，词汇是被诗人搜肠刮肚般地精挑细选过的，同时每一个词汇又像是被诗人在天平上谨小慎微地称量过一样，然后再被他安置在诗篇里每一个词汇必须承担的位置上，为"定义"抽象的意义和实际的意义的成立提供了足够的说服力。《定义》既是诗人竭力命名的结果，又是"物"（即物象）在《定义》中自身"发言"的记录。《定义》在表现上的直接性与写实性能使我们联想起那些写实主义和形而上学派的绘画作品。这一点，在其父哲学家谷川彻三回答《现代诗手帖》的访谈时，就《定义》在艺术上与意大利画家莫兰迪（Morandi，1890～1964）和坂本繁二郎（1882～1969）的绘画作品的共通性进行了对比和阐述。他指出《定义》与这些绘画在"捕捉物的形状而来的感觉的直接性与观念的纯粹性"[1]上是一致的。并对《定义》散文诗的文体表示赞同，而且还对这种文体的未来性寄予了期待。《定义》与谷川的其他诗集相比还有一个明显的不同是，除了《一部限定版诗集〈世界的雏形〉目录》一诗是以诗行的形式排列外，其他篇章均是以散文和散文诗的形式出现的。

这不能不使我们想起该诗集出版后立即所引起的各种反响。大冈信、北川透等都纷纷在《朝日新闻》《读卖新闻》《周刊朝日》《读书新闻》等报刊上发表评论，给予了充分肯定。大冈信在《朝日新闻》上称《定义》的写作是诗人意图"把横亘在日本诗歌和散文之间的暧昧的灰色领域深层挖掘、究明……将诗的领域更进一步拓宽和明确化"。北川透则在《读卖新闻》上称"将论理学定义上的世界看不见的领域……以诗歌的语言尽可能地去接近不可能接近的领域，无所谓语言所产生的孤立……"[2]等等。其中 1975 年 11 月 14 日的《周刊朝日》在书评栏里以"把语言作为精神明晰

---

1 见谷川彻三"话说儿子谷川俊太郎"（《现代诗手帖》，1975 年 10 月临时增刊号）。

2 见谷川俊太郎诗集《定义》（思潮社，1976 年 10 月）的腰封文。

的单位去捕捉，《定义》因诗人执拗的意愿而成立。这既是在摸索存在和物质又是在证明自己本身，也更是将意识精确的行为，致使极其抽象的知性世界从此敞开。"并称《定义》是一部"再次向诗歌及普通日常生活语言提出崭新的发问之行为所产生的作品集"。从不同的角度解读和评析《定义》的文章从诗集出版至今连续不断、不胜枚举。日本诗歌界在当时对《定义》出版后给予的评价和重视度可想而知。

二、弗朗西斯·蓬热的启示

诗集《定义》和《夜晚，我想在厨房与你交谈》虽然是同年同月同日出版的（前者为思潮社，后者为青土社）一对"孪生子"，但笔者更愿意偏重于对《定义》的肯定。在林林总总的日本战后现代诗中，不知是否可以说谷川是"定义"这种文本建立的始作俑者。或许笔者对战后日本现代诗的阅读有限，总感《定义》的存在是独一无二、出类拔萃的。因为围绕同一主题在同一部诗集里，系统、集中、完整、准确地提升出语言的意义，且又引起许多读者共鸣以及评论家们关注的，我想除了此集外，很难再列举出第二本了。《定义》的价值不光在于它深刻揭示了语言意义的内在本质（包括抽象的和具象的，也包括暗示的和本真的）、袒露出了诗人的另一类诗歌美学意识，而且还在于诗人摆渡于诗歌和散文之间所付出的努力和投入精神。诗人身体力行地向我们演示了诗歌的另一种写作的可能和表现方式。《定义》既是我们对诗歌抱有的既定观念的动摇，又是对诗歌固有概念的悖谬和反叛。即——它具备着两大要素——批判意识和尝试精神。《定义》的写作，诗人谷川使"日语即使是用散文的形式也无法把意义准确表达清楚"（谷川语）的缺憾得到弥补，使日语与生俱来的在表现上的不可能接近了可能。打破日语语言本身的暧昧，把语言的意义精确到极限在这里得到了证明。我想这应该是谷川创作《定义》的初衷。

　　《定义》出版后，已经有个别学者和批评家注意到了谷川是受到了当代法国诗人蓬热（F·Ponge，1899～1988）的启示[1]。这一点谷川在最近与笔者的对谈中也曾涉及[2]。而且，在1972年晶文社出版的散文集《来自纽约的信函》一文里谷川也曾明言"《物的伙伴》给予过我们日本诗人以深刻的影响"。其实，蓬热的散文体在西方具有悠久的历史，像《荷马史诗》就是散文体。在此将不追究这种文本的根源。提起蓬热，日本诗人应该不会感到陌生。因为在六七十年代，蓬热的作品有过不少的译介。《现代诗手帖》《貘》《罂粟》《eureka》等杂志都给予过不小篇幅的介绍。1971年思潮社出版了阿部弘一翻译的、于1942年出版的蓬热的代表作《物的伙伴》（其实大部分作品写作于30年代

1　如内田洋在1979年的《金泽大学教养学部论集》里发表的《在蓬热和谷川俊太郎的光源里解读〈定义〉》一文。该文作为作者的"外国文学讲义"，以广阔的视野和庞大的论文框架，围绕蓬热和谷川，以对比的方法，综述和分析了法国和日本现代诗。这里并不涉及他的论文内容。
2　见谷川俊太郎、田原、山田兼士著《谷川俊太郎〈诗〉话》（日本澪标社，2003年6月）。

的中后期）。在两年后的 1944 年，萨特在题为《人间与物》的论文里给予了这部诗集充分的肯定。1996 年，小泽书店又出版了阿部良雄翻译的《蓬热诗选》等。通过阅读和与谷川的对谈，知道了蓬热在 70 年代的日本是有名的法国诗人。而且在《定义》出版前的 1970 年 4 月中旬，蓬热和谷川都应邀参加了由美国国会图书馆在华盛顿举办的一次国际现代诗歌节。会议间，谷川曾与蓬热有过一段简短的交谈，在谷川谈到"您在日本很有名，对日本诗人有很大的影响"[1]时，年迈的蓬热感到十分吃惊，而且半信半疑。直到 1988 年 8 月 6 日蓬热以 89 岁的高龄谢世，这也是他们唯一的一次见面。虽然我们无法否认《定义》是蓬热影响下的直接"产物"，但它只是形式和抒写方式上的效仿。写出效仿这个词，我们马上会联想到它的同义词——模仿。模仿一词在现代诗人当中恐怕几乎被视为贬义词了，甚至被认为是缺乏才气和创造力的象征。其实，模仿对一个诗人和作家的成长非常重要，是他们走向成熟的不容忽视的阶段之一。比如有人说石原慎太郎的小说是对海明威的模仿，最近还有学者称大江健三郎的某些小说是对鲁迅的模仿等等。古希腊哲学家亚里士多德（Aristotle，公元前 384 ~ 前 322）在他著名的《诗学》里曾强调："诗是一种模仿人类活动的作品"。当然，这里的"模仿"不能狭隘地理解为"翻版"。它是人类通过感性认识和情感体验，对世界的重新命名和再创造。事实上，世界各种言语的文学都是在相互启示和

1　见谷川俊太郎《散文》（讲谈社文库，1998 年 1 月）。

171

刺激下发展的。像西方意象主义的诞生就是受到了中国古典诗歌和日本俳句的影响。我们甚至还可以追溯到庞德那一类的意象主义作品。关于这一点，与鲁迅一样，早年留学日本、弃医从文的中国现代诗人郭沫若就曾毫不隐讳地坦言过他"师承海涅、歌德，尤其是惠特曼起家的"。从以上谷川的谈吐中也不难发现他也是坦诚自己观点的诗人。从蓬热的诗集《物的伙伴》（包括译介和发表在当时日本文学杂志上的蓬热的其他作品）的出版年月和谷川的《定义》的出版年月来看，影响与被影响的关系一目了然。即《物的伙伴》及蓬热的其他作品可以称为《定义》的"母体"。但这种"母体"仅限于"外壳"。因为蓬热与谷川之间不仅存在法语和日语的隔阂，更存在文化背景上的差异和作为诗人对世界体认的不同。

《物的伙伴》与《定义》的出版相隔30余年，前者诞生于第二次世界大战期间，后者则诞生在越南战争结束时处于和平年代的日本。我想，如果《定义》在哲人萨特健在时被成功翻译成法语的话，相信萨特不会不为《定义》这种他熟悉与激赞过的文本所动心，尤其是若萨特事先知道日语是一种表现困难的语种的话。《定义》与《物的伙伴》相比，虽谈不上在抒写的深度、广度及艺术性上更高一筹，但总感觉它更接近于我们的思维和生活、生命和身体。这种微妙的差异或许就是东方和西方的差异，是作为汉字圈读者的我，对《定义》的诗性文化特征更感浓郁的原因之一。

《物的伙伴》与《定义》都属于中国自古就有的"咏物诗"，而且两者都不太强调诗人的主观色彩，有时甚至是用现实主义的手法描绘出一个真实的"定义"或意义的轮廓，是"对语言缜密的客观主义的唯物论"（蓬热语）。不擅长理论的谷川除了在与人对谈时提及过《定义》外，还没有发现他特意为该集撰写过什么文字。但蓬热却不同，从他被翻译成日语的作品集的创作年表看，他至少出版有《怎样和为什么构成语言之新貌》等两部以上的理论专著。在对"物"的阐释上，他在《物，即诗学》一文里强调"物，即诗学。我们的灵魂是及物的，需要有一个物来做他的直接宾语。问题之关键在于一种最为庄严的关系——不是拥有它，而是成为它。人们在物我之间是漫不经心的，而艺术家则直接逼近这种物态。是的，只有艺术家才懂得这个道理。它是完美无缺的。它是我们内心的清泉"[1]从蓬热的这段理论我们不难看出，谷川的《定义》归属于这种理念框架之内。物作为咏叹的对象，以散文体的形式呈现，他明显师承了蓬热开辟的传统。

三、文本的异同点

前文已经提到，《定义》里有一首是以诗行的形式排列的。这是蓬热《物的伙伴》里所没有的。这首作为答赠诗人入泽康夫的题为《一部限定版诗集〈世界的雏形〉目录》

1　转引于阿部弘一译《物的伙伴》（思潮社，1976 年 7 月）的解说文。《物的伙伴》一书已有中译本，书名为《采取事物的立场》（上海人民出版社，2009）。

的诗自始至终都是目录名称游戏的无意味的表达，但正是在这种无意味的表达中，诗人传达出了一种意味。所谓的无意味本身即意味着意味。《定义》精确的含意在这首诗里得到了有力的体现。物的具体名称、数字、价格、地点等以及与该物相关的他物，甚至随文字流动的情绪都交代得十分细致、清楚。这首诗像是从谷川自己的诗歌"魔术箱"里倒出来的，又像是谷川诗歌的一支"万花筒"。物的名称在这里变幻纷呈，令人迷离恍惚。语言在这首诗里的递进是整齐有序的，其抒写形式应该是谷川半个多世纪创作历程里唯一的一次尝试，也可以称是谷川探索的一次历险。你可以像追问《定义》里的其他篇章一样来追问它，这是诗吗？我想回答是肯定的，只是要等到时间启开缄默的嘴唇。实际上，这首诗浓重的现代情味是值得注意的。

从《物的伙伴》和《定义》这两部诗集的目录来看，前者量多，共32首，且对自然描述的篇章占有一定比例，如《雨》《秋天的结束》《树木在雾的世界解体》《季节的循环》《蝴蝶》《苔藓》《海边》《植物》等。好像是通过自然来揭示生命和真理。后者的量则偏少，共24首。而且不同于蓬热的是谷川侧重于与生活和生命（或者说与人）有关的物的描述。如《小丑的清晨之歌》《剪子》《对杯子的不可能接近》《与无可回避的排泄物的邂逅》《对苹果的执着》《推敲去我家的路线》《栖息的条件》《模拟解剖学式的自画像》《咽喉的黑暗》等。谷川好像在力图通过生命本身来揭示生命和真理。可是，在这两部诗集里，蓬热和谷川都没有忘记对"水"的描写。蓬热的水是这样的：

"在低于我的地方，常常在低于我的地方，有水。为了看它，我必须目光朝下。就像看地面或地面的一部分及地面的变化。

　　水透明且闪亮。虽然它无形、新鲜、被动，却把自己封闭在仅有的恶癖里。那就是重量。为满足这一恶癖，水迂回、渗透、侵蚀、渗润，玩弄着无数奇妙的手段。

　　这种恶癖也在水的内部起着作用。水不断崩落。在任何瞬间都会放弃所有形态，一味隐忍，尸体般匍匐在地面，仿佛某个教会的修道僧。似乎低些、再低些、朝着向上的反方向，是水的座右铭。

*

　　甚至可以说，水是疯子。因为，水有一种歇斯底里的欲望，就是它只遵从于固定观念般的自身的重量。

　　当然，世上所有的东西都有这种欲望，而且这种欲望常常必须在任何场合得到满足。例如，柜橱纠缠地面的欲望就很强烈。而且，如果有一天它感到失去了平衡，它并不想找回平衡，相反，它会选择自行崩溃。然而，结果，柜橱在某种程度上玩弄、轻视着重量。就是说，柜橱不会让所有的部分都崩溃掉，它的横梁竖柱也不听它这一

175

套。柜橱中存在着一种守护自己个性和形态的抵抗力量。

若给液体下定义，那么，它就是那种比保持形态更遵从重量、遵从自身重量的东西。由于这一固定观念、病态观念，它失去了所有的形态。它使之加剧地性急或是染上停滞的恶癖。其无定形性、粗暴性或是无定形且粗暴的，比如说穿洞的粗暴性、渗润、迂回的狡猾。然而，正因如此，人才有可能将水随意通过管道，使其垂直喷涌，或如雨滴散落，从中欣赏其奴性。

然而，太阳和月亮嫉妒它这种顽迷的功能，水四处扩散、特别是分散为小水泡儿、处于毫不抵抗的状态时，它们就会使坏。太阳会猎获更多的贡品。向水苛求永久的回转运动，就像玩弄着日轮中的花栗鼠。

*

水逃离开我……抽丝一样从我指尖滑落。那又怎么样！并没有明显的触感(蜥蜴和青蛙亦然)。手上还留有它的斑痕，须花点时间让它干掉，或是把它擦掉。水逃离开我。但是痕迹留下了。而我却束手无策。

说得唯心一点也是一样。水逃离开我。无论怎样定义，它也是逃离开了我。然而，却把它的痕迹、它不定形的痕迹，留在了我的精神中，也留在了这张纸上。

*

　　水的不安定性。对一丝一毫的倾斜变化都极为敏感。并拢双腿从台阶上蹦跳而下。它喜欢玩耍，幼儿般顺从。若以改变一侧的倾斜来召唤它，它立刻就会跑回来。"[1]

——蓬热《关于水》

　　这里的水虽说还是以水的本质和性质出现的，但它显然已经被诗人赋予了精神品质。而且水在这里，外形的生命轮廓和内在生命气质是清晰的。与蓬热的水相比，谷川的水却是这样的一番情景。

　　先是被水濡湿的足迹消失，然后是可爱的酒窝和圆圆的眼睛消失。一旦桃色的手指消失、乌黑的卷发消失、膝盖消失，不消瞬间的功夫，蓝天消失了，花朵消失了，接着，所有的文字也都消失了。当然，士兵们消失，锥子、铁锤、钳子等工具也消失，由此足以推测出，思想也一定消

1　本文中引用的蓬热作品均由田原转译于阿部弘一翻译的日语版《物的伙伴》（思潮社 1976 年 7 月）。

失了。就是说，从最确定的东西到最不确定的东西，全部消失了。

将这种状态描述为一切都消失了，那是懒惰诗人惯常的手段，其实，"一切都消失了"也消失了，意味着"一切都消失了也消失了"都消失了，然而，还来不及被这种文字游戏弄得神魂颠倒，在下一个瞬间，一条活蹦乱跳的鳟鱼就出现了。也来不及细想，紧接着，小河，还有无主的皮包、六法全书、午后二时十三分出现了，此外，恋人们也开始出现。然后一瞬之间，被水濡湿的足迹重又显现，那位SXXX小姑娘（五岁零五个月）裸露的肚皮和中间漩涡般的肚脐以及兴高采烈的笑颜也出现了。

——谷川俊太郎《玩水的观察》

蓬热的水是对整个全部的水的描写，水的顽固性与水的奴性以及我与水的关系在此被揭示得深刻到了极致。水在这里具有更广泛的精神含意。谷川只是写了水的一个局部，而且是从一位少女戏水的场面和情节展开的。两位诗人对同一题材的切入点泾渭分明，各有千秋。谷川的水里有士兵、诗人、恋人和小姑娘等人物的介入，是与日常生活有密切关联的那种水，让人感到亲切而且难舍难分。当然这里不能排除暗示的成分。蓬热的水则更具有原始的品质，水既有让人感到恐怖的一面，又不乏可爱之处，且又有广义上的厚度和浩淼之感。水在这里一边保持着没有被打破的原始平衡，一边又顺从着文明的摆弄。在暴露出水的丑陋之处上诗人花费了不少笔墨。蓬热的水与人类的关系上升到了一种生命哲学的高度。谷川的水是发生过的，或者是在发生过程中的。生命与水的密切关系更接近于我们的生活。前者的水给我们一种深邃思想的启迪，后者的水则唤起我们一种生存经验的记忆。

在对水果的描写里，蓬热的《物的伙伴》里有《桑葚》和《橙子》两篇。谷川的《定义》里则只有《对苹果的执着》一篇。

"在物们既不通向外部也不通向精神的路旁
那书写着诗的铅字密林中，一种果实，在憋着一
滴墨汁的球体集团内形成。

*

它们和黑色的、蔷薇色的还有枯黄色的东西
结成串儿，与其说它们在收获的季节里展示着充
满生气的魅力，莫如说它们摆出了一副成员年龄
各异的红色家庭模样。

如果种子和果肉相处得不好，鸟儿们在种子
从嘴运动到肛门的过程中，会感知到那些最终变
成残渣的细碎微小的东西。

179

*

　　然而，尽管诗人在自己本行的道路上迷失了方向，却还要用理性选种，还要思考。〈虽然有荆棘的晦涩错综掩护，但是这异常脆弱的花朵无数次坚忍的努力就是这样结果的。尽管它没有其他众多的资质，——'桑葚'完全是桑树的果实——但它正如这首诗的诞生。〉"

——蓬热《桑葚》

再看蓬热的《橙子》：

　　"橙子也像海绵一样，有忍耐压榨考验、试图恢复原本容积的欲望。然而，海绵成功了，橙子却未曾成功。因为橙子的果肉都被破坏了，组织都被撕裂了。只有果皮，因自己的弹性而有气无力地回归到原来的形态。然而，当然琥珀色的液体，会伴着清爽和甘美的芳香——然而也屡屡伴着排出尚未成熟的种子的苦涩意识——流出来。

　　忍耐不住压力时，是否应该在这两个流程之间选择一下手段？——海绵不过是肌肉罢了。它只会饱饱地吸进风、清水和污水。这种运动是卑贱的。橙子虽然拥有更高洁的喜好，却又十分被动。——这种清高的牺牲……对下手的人来说，完全是求之不得的。

180

然而，如果单是对它在周遭飘起甘美芳香、讨得自己死刑执行人的欢愉等独特流程的记述，还不足以言尽橙子。比起柠檬的果汁来要清楚得多的是，不用为了不让舌头上的小乳头突起倒立起来而噘起嘴巴皱起脸，就可以把它喝下去。同样，发出“枪子”的声音时，最终还是要痛陈那轻轻打开了咽喉的这种液体的绚丽色彩。

被厚实湿润的脱脂棉包裹着、柔弱易伤的、蔷薇色的卵形球。为使这种有着完美形态的果实能够摄取充足日光而恰到好处地凹凸不平的、色泽鲜艳的、苦涩的、飞薄的表皮。我们只有对其外观无言地感叹。

然而，在结束这篇行文仓促（一蹴而就）又篇幅短小的记述时，——还必须对其种子进行一下叙述。这种小个柠檬状的颗粒的外观呈柠檬树苍白的颜色，内部却是豌豆等柔嫩萌芽的绿色。如果结了果实的球体自身所构成的、气味、色彩、芳香的装饰灯发生了煽情的破裂，——树木、枝条、叶片的相对硬度和涩味（没有完全无味的地方），总之，果实确凿而微弱的存在理由，就会表现在种子上。

——蓬热《橙子》

比起《桑葚》，对《橙子》描述更细致和具体。阿部弘一在蓬热的《物的伙伴》译后记里有过这样的一段概述：“在这部诗集里，可以看到蓬热所言‘物的伙伴的文学、现象学的、宇宙开辟论的罗列的文学’的彻底实践。由于构成这些被收入物象词典（百科全书）的一个个物象的语言组装自身的‘某种高度统一’，它们才是物的诗。而且，在萨特指出的‘在新的、暧昧的、兽面鱼身的现实出现的同时就已经无法指名非难这些现实的旧的语言之眼也会有炫目的坠落，另一方面，其存在形式的暧昧已经不可能想出新的命名’的第一次世界大战期间能有这些诗诞生，那么第二次世界大战后的今天，就给我带来了一种毫无二致的紧张感。因为，蓬热所想要实现的对语言的信任的恢复，常常意味着对人的最为人性的语言的策划。而且，蓬热的这种物的诗或者说非思想的禁欲超脱的描写和罗列的文学的诗法，虽然有某些局限，但是对语言的策划而言，还是会给予许多有力的启示。”阿部对蓬热的这种文学实践的论断富有独见，在蓬热所实现的“对语言的信任”这一点上，可以说与谷川不谋而合。谷川所追求的“对语言的信赖感”是建立在打破和超越日语本身暧昧的语言特点之上的，即他要通过对《定义》的抒写，从日语的暧昧中开辟出一种接近于传达准确意义和意思的传统，这种尝试是有一定进步意义的。从以上引用的蓬热的作品看，表面上，像是诗人在有意揭示“物”内在秘密的内涵，实质上蓬热只是扮演了“物”的代言人，即让“物”自身发出声音。

与蓬热的水果相比，谷川的“苹果”是这样的一种味道和形态。

不能说它是红的，它不是一种颜色，它只是

苹果。不能说它是圆的，它不是一种形状，它只是苹果。不能说它是酸的，它不是一种味道，它只是苹果。不能说苹果的价格有多贵，苹果只是苹果。不能说苹果美丽得有多么漂亮，苹果只是苹果。无法分类，又非植物，因为苹果只是苹果。

是开花的苹果，是结果的苹果，是在枝头被风摇动的苹果。是挨雨淋的苹果，是最终要被吃掉的苹果，是要被摘下的苹果。是落在地上的苹果。是要腐烂的苹果。是种子和冒芽的苹果。是没有必要称之为苹果的苹果。可以不是苹果的苹果，是苹果也无妨的苹果，不论是不是苹果，一只苹果就是所有的苹果。

红玉，国光，王铃，祝田，皇后，红先，一个苹果，三个五个一包装的七公斤苹果，十二吨苹果二百万吨苹果。被生产的苹果，被搬运的苹果。被称量被捆扎被取走的苹果。被消毒的苹果，被消化的苹果。被消费的苹果，被抹消的苹果。是苹果！是苹果么？

是的，就是在那里的，就是它们。就是那里的那个筐子中的苹果。是从桌上滚落的，被画到画布上的，被天火烧灼的苹果。孩子们把它拿在手上，啃它，就是它，它。无论怎么吃，无论怎么腐烂，它都会一个接一个地涌现在枝头，闪着光盈满在店头。是什么的复制品？是什么时候的复制品？是无法回答的苹果。是无法提问的苹果。

无法讲述，最终只能是苹果，现在仍是……

——谷川俊太郎《对苹果的执着》

　　这三种水果有三种味道。蓬热的《桑葚》和《橙子》好像着重在对它们内部结构的刻画上，谷川的《对苹果的执着》则主要注重刻画它的外部形状。"苹果"在这里没有凌驾于生活意识之上，苹果在世间逗留的过程——即苹果的存在状态——一种无可奈何的生命形式。自然腐烂的和最终被人类吃掉的"苹果"在此被表述得体无完肤，"一个接一个地涌现在枝头"的苹果是充满生命力的。另外，这里的苹果也完全可以解读为是对人类各个生命在人世间挣扎、停留、奋斗的过程。其间不免含有相互残杀、弱肉强食、死死生生、繁衍不止的暗示。萨特在论蓬热《人间与物》时的评析十分到位，他说："据我所知，对物存在的评价进行得如此深入的尚无他例。在这里，唯物论和唯心论都是无效的。我们远离了哲学理论，来到物的心间。而且，在那里，物似乎突然因其固有实体而被赋予了丰富的思想。只要从唯心论的立场上看待自然，人就无法摆脱以下固定观念。即，仿佛从熟睡者的梦中极其细致地寻找的、以自己存在为特色的、消解可能与现实间差别的固定观念。的确，确认常常是关于什么的确认。就是说，确信这种行为，不等同于被确认的物质。然而，如果我们推想被确认的物质拥有确认者的内容并与其一体化的确认作用，那么，确认作用就无法使自身受到确认。因为物体在容器里装得太满，而且后者又是前者无媒介地所固有的。这样，正由于存在因其自身而得到充实，所以它对其自身来说是不可辨明的。如果存在对自身持有自省的视像，那么，其视像，即树叶枝条就会增加厚度，其自身就会成为物。我们在观察无言的自然时所把握的自然的时态就是这样的东西。那是被石化了的语言。[1]"我想，这段论述是完全可以套用在《定义》上的。"物"在这里作为被描述的主体对象，赤裸裸地呈现出了自己的自然"原形"和存在状态。对"物"的刻画是直接和集中的，没有多余的修饰和铺垫，可谓直抵"物"的内心。"物"在此是与诗人处在对等的位置上的，或者说是诗人将同样重量的主观和客观的砝码放在了表现的天平上。诗人在此只是以"物"替物，陈述出"物"沉默的语言。因此，"物"在这里的"身份"是明确的，与诗人的关系也是亲密的。

　　在法国的当代诗坛，蓬热与米肖（H·Michaux，1899～1984）、夏尔（R·Char，1907～1988）被称为"三剑客"。但在日本的当代诗坛，还没有听到过能与谷川并称的"三剑客"之说。若从同时代整体上的诗人素质考虑，笔者很愿意把同在 1931 年出生的谷川俊太郎、大冈信、白石嘉寿子称作是日本当代诗坛的"三剑客"。从三人的创作经历、成就和在国内、国际上的影响而言，我想这种称谓应该不会有太大的异议。

1　见阿部弘一译《物的伙伴》（思潮社，1976 年 7 月）的译后记。

四、语言＝宗教

像蓬热的《物的伙伴》出版后，当世大儒萨特及法国诗坛给予的关注和极高的赞许一样，《定义》出版后也立刻引起了不少批评家们的关注，其反馈的余波至今仍时有耳闻。各个大学出版的纯学术杂志里关于《定义》的论文更是层出不穷。除此之外，如前所述，日本各大新闻媒体及其他文学杂志也都纷纷报道和评介，《现代诗手帖》为此还在 1975 年 10 月紧急出版了临时增刊号，积极关注《定义》的气氛一时可谓空前高涨。在《定义》出版后翌年的 1976 年，与诗集《夜晚，我想在厨房与你交谈》一起，两本诗集被同时授予"高见顺诗歌奖"（这项被日本诗坛称为是现代诗的"芥川奖"，遗憾的是这项奖被当时的谷川谢绝）。《定义》作为一本诗集在日本现代诗坛里的地位不言而喻。

与蓬热不同的是，谷川在没有出版《定义》之前，已经是日本诗坛的执牛耳者，而且早已成为不少大学和研究机构里的研究和关注的对象。而蓬热在 27 岁即 1926 年出版处女集《小品十二篇》时并没有引起当时法国诗坛的真正注意。可以说是《物的伙伴》确立了他在法国诗坛的地位。从两位诗人的创作年谱来看，蓬热在 1915 年即 16 岁前后开始诗歌写作。但若从谷川在 1948 年 4 月在丰多摩中学的校友会杂志《丰多摩》上发表的处女作《青蛙》算起，可以推定他应该也是在 16 岁前后开始诗歌写作的。而且，谷川在 21 岁时，诗集《二十亿光年的孤独》的出版已经使他在当时的日本诗坛赢得了足够的声誉。权衡谷川的整体作品，诗集《定义》也是他寻求变化和很快对既有创作手法陷入危机感的产物。只是《定义》的语言和形式是散文化的。对于谷川而言，虽说"语言是一种技术和职业工具"，而且还经常与他"生活的真实相抵触"，但崭新的语言可以说是他的宗教。他曾在1953年创刊的《eureka》杂志上发表的《致世界》一文的最后写道："在科学家们让崭新的宇宙飞船飞向世界时，诗人让崭新的语言走向世界。在宇宙的沉默中，它们同样是一种武器，一种让人类存续的武器"[1]。在谷川半个多世纪的写作生涯中，对语言的追求和求变应该说是最为迫切的。这也致使他很难在创作上满足或沉湎于一种固有的创作手法，自然而然地形成写作上的"游击"和"分散"战术。即在既有的一种写作手法上"见好就收"，多路突击，不打"持久战"。以完全不同的手法创作的《定义》和《夜晚，我想在厨房与你交谈》的同时出版就是这种追求的最好体现。这种"喜新厌旧"的创作哲学使他不断处在自我进步与更新之中。从某种意义上说，谷川之所以持续不断向读者呈现出崭新的作品，也是与他的这种追求分不开的。

若单从《定义》的语言特点来考察，它的反诗歌行为一目了然。这种行为首先体现在它的语言形式上。但为了清楚地表达出一个意义，或者说清楚地为一个意义的定义命名并使其正当化，诗人在此不得不暂时放弃诗歌的外在

1　见谷川俊太郎随笔《致世界》（《eureka》杂志，1956年10月号）。

形式，用写实的散文体。其实构成这些诗篇的内在本质是十分诗性化的。即《定义》是外观上的散文，内涵上的现代诗。诗人的主观意识和主体情感在此是下降到第二位的。因为最为重要的是要表达出对"物"认识的证明。无论这种"物"是二元轮廓还是三元轮廓。在肯定"物"的存在意义及与世界的关系时，语言避开了抽象和艰涩的一面，把一个表述的对象上升到清晰和可以把握的层次。

作为诗集书名的《定义》的语义起源在此我们无法忽略。在大量论述《定义》的论文里，有人把定义的概念追本溯源到了法国评论家阿兰（Alain，1868～1951）所著的《定义集》[1]。批评家、诗人北川透在题为《阅读"定义"》[2]一文里，引用了《广辞苑》里对定义的解释。其实，汉语的字典里对"定义"一词的解释更加详细。其内容为："揭示概念内涵的逻辑方法，即指出概念所反映的对象的本质属性。形式逻辑定义的方法是把某一概念包含在它的属概念之中，并揭示它与同一个属概念下的其他种概念之间的差别，即'种差'。如给'人'这一概念下定义时，指出'人'的属概念是'动物'；在'动物'这一属概念下，'人'和其他动物的差别是'能制造生产工具'，从而得出'人是能制造生产工具的动物'这一定义。定义的公式是：被定义概念＝属＋种差。定义的规则有（1）应相称，即定义概念和被定义概念的外延相等。（2）不应循环。（3）一

---

1 见坪井秀人论文（《国文学》，1995 年 11 月号）。
2 见北川透《阅读"定义"》（《现代诗手帖》，1975 年 10 月临时增刊号）。

般不应是否定判断。（4）应清楚确切。"[1]。《广辞苑》里的解释则为："限定概念的内容。即或将概念的内涵构成的证据提出，然后再从其他的概念中加以区别，论理的定义将其概念所属的种差提出，既是将其在体系中所占据的位置明确化，更是提出种差将其从概念和同位的概念中区别出来。例如，正如把人的定义为'理性的（种差）动物（类概念）'是一样的"。日本平凡社在1971年4月出版的《哲学事典》里记载得更为详尽。从以上汉语和日语里对定义的解释文字不难发现，汉语比日语解释得更为详细。无论是从字典里的解释看，还是对以汉语为母语的我来说，汉语是更接近能够准确表达意思的一种语言。谷川的《定义》写作基本上是遵循了这种原则。但若要追问谷川在创作这本诗集前后，是否查阅和对诸多工具书里定义的解释做过研究，在此很难断言。

蓬热作为《定义》的背景根源，《定义》只是他文本形式的延续，并不是对他所表达过的意义的承袭。"物"的意义在这里是崭新的，也是被重新创造过的。这也是《定义》成立的所在。因为在这本诗集中，每一首诗都是最精致的典范。语言在这里显得具体而实在，是可以抚摸的，也是呈现着具体"形状"的。它的跳跃性是有所节制的，但并不影响诗行递加的空白感和整个诗篇里的空间感。某些抽象的意义有时也不再飘渺和模糊，给人一种伸手可触的信赖感。有些诗篇的思想容量之大和暗示的意义之广不

1　见《辞海》（上海辞书出版社，1989年）。

得不让人惊服。《定义》在写作上的纯粹性可以和早期的谷川作品媲美。诗集里每一个标题下都像是诗人用词汇的砖块精心营造的诗歌殿堂，殿堂里关着诗人命名的"定义"。这种"定义"注重的是"传达"和"沟通"，又不乏希求读者认同它的愿望。作为读者，你可以伫立和徜徉在定义的殿堂里，也可以聆听"定义"一遍又一遍不惮其烦地叙述诗人对自己的命名。

我们在这里听到的是"物"发出的声音，这声音是诗人用语言的雕刀不动声色地镌刻出来的，它的形象和意义鲜活地呈现在诗人的雕刀下，凝结着诗人精心刻画的心血和沉思。诗歌与散文结合的默契性和日语以这种崭新诗性文体的登场，在《定义》里都得到了充分的证明。它新奇、宁静、确定、可靠而又回味无穷，缩小了对此会产生误读的范围。但是，用日语这种暧昧的语言，要表达出它更精确的意义还要面临更大的挑战，或者要经过更多日本诗人甚至是几代诗人的努力。《定义》这种文本在日本的诞生，充其量不过是诗人谷川透露出了日语"准确表达"的可能，因为突破一种语言自身的局限性谈何容易，更何况还存在着对具体物象自身存在的证明的命名要远远胜过诗人对世界命名的难度。

五、对《关于灰之我见》的解读

写下这首诗的题目，翻译《定义》时所产生的难忘的兴奋又浮现脑际。《关于灰之我见》是这本诗集中我比较在意的一首。

> 无论多么白的白，也不会有真正白的先例。在看似没有一点阴翳的白中，隐匿着肉眼看不见的微黑，通常，这就是白的结构。我们不妨这样理解，白非但不敌视黑，反而白正因其白才生出黑，孕育黑。从它存在的那一瞬间起，白就已经开始向黑而生了。

> 然而，在走向黑的漫长过程中，不论经过怎样的灰的协调，在抵达彻底变黑的瞬间之前，白都从未停止过坚守自己的白。即便被一些不被认为有着白的属性的东西——比如说影子、比如说弱光、比如说被光吸收的侵犯等，白在灰的假面背后发出光辉。白的死去只是一瞬。那一瞬，白消失得无影无踪，一种完整的黑顿现。然而——

> 无论多么黑的黑，也不会有真正黑的先例。在看似没有一点光亮的黑中，隐匿着肉眼看不见的遗传因子一样的微白，通常，这就是黑的结构。从它存在的那一瞬起，黑就已经开始向白而生了……

> ——谷川俊太郎《关于灰之我见》

这里，诗人对"灰色"的认识仿佛是建立在一种哲学的辩证法上，"白就已经开始向黑而生了"，"黑就已经开始向白而生了"。而灰色是介于白色和黑色之间而存在的，它有回味不尽的味道，既具有白色和黑色的双重性质，具备着"白色的结构"和"黑色的结构"，又有区别于白色和黑色的不同之处。这里，诗人对灰色的描写找到一个很好的切入点，即从灰色的侧面着笔，间接地而不是直接地，可谓旁侧敲击，通过白色和黑色的衬托导引出灰色，使其品质和形象跃然纸上。"灰色"这一固有名词在这里已经上升到了语言学上所谓的"深层构造"的领域，其概念基本上是比较明确和透彻的，它不但不卑微，而且是"伟大的"。我觉得对灰色的描述无论是从语言的敏感度还是意境的密度，以及感性的质量和诗人对事物的态度，在此已经达到了表现上的极限。灰色在此能够读出一种莫名的疼痛感，它是严肃意义上的，也是有崇高感的灰色。作为诗人，谷川已经在这首诗里拧紧了所有词语的发条。每个词语在自己的位置上都是紧张和牢固的，而不是疲软和松弛的。这首诗整体上的紧凑感与此有关，也是它在《定义》里的独特性之所在。如果我们同样列示出"关于灰色之我见"这样一个题目，实在不敢轻易指望能有很多人把灰色表达出如此效果。该篇不同于《对苹果的执着》等诗篇的是，并不频繁地使用所表现的对象，如"苹果"一词，通篇只有两处使用了"灰色"。除此之外，诗人几乎是有意识地避开对"灰色"一词的使用，使灰色给予读者的完整印象不至于破坏，使含蓄的程度更趋于加深。

"真正白"和"真正黑"在这首诗里，我觉得是非常值得注意的字眼。其实，真正的白和黑正如诗人所描写的一样，是不存在的。真正的白和黑或许是诗人最理想的颜色。从这种理想主义的颜色中折射出灰色的意义，从此为灰色这种定义的成立找到立足点。灰色在这里不但释放着自己的色彩，而且还展现着自己的形状。在白色和黑色之间，灰色的存在是立体状的。语言的色彩感显得默契纷呈。

　　当然对这首诗的解读，不能排除白色、黑色和灰色各自的暗示性。通篇，灰色在孕育和自我分娩的过程，加剧了暗示的戏剧化。如果我们把这首短诗编排成一场话剧，主人公的灰色与观众的见面机会是极其有限的。在舞台上忙碌的应该是道白者，白色和黑色也属于"匆匆过客"。光做为另一位登场者，随着其强弱的变幻，其存在接近于反面人物。我总觉得，灰色在这里是具有生命的，且是一种力量的象征，即是一种活着的灰色，而不是死气沉沉的那种灰色。灰色的生命感在此是如此鲜明，这与汉语里几乎把灰色全部视为贬义词正好构成反比。灰色在日本文学里，作为标题似乎没有被更多地使用，能在此写出来的大概只有志贺直哉在战后发表的短篇《灰色的月亮》了。在现代汉语里，有太多与灰色有关的词语，大多是懊丧、消沉和失望之意。如灰心、灰暗、灰溜溜、灰沉沉、灰蒙蒙、灰茫茫、灰扑扑、灰塌塌、灰不溜丢、灰头土脸、灰心丧气等等。日语里虽然找不出像汉语里有这么多与灰色有关的词语，但从灰灭、灰烬、灰冷等词语的语义上看，与汉语的意思较为相似，大都是低格调的。汉语里的灰沉沉、灰溜溜、灰蒙蒙等若用日语来表达的话，可能只有用"薄暗"来代替了。表面上，这是日语不如汉语丰富的一个局限性，但有些日语词语包含的意思之多也是汉语无法比拟的。如日语里的"灰色"一词，它除了具备其语义的本义外，还有无价值和无兴趣之例说。一个单词涵盖的意义之广或许也是构成日语语言构造暧昧的原因之一吧。

综观上述，《关于灰之我见》里的灰色显然已超出了汉语里与灰有关的词语意义。谷川曾经在《诗人与世界》一文里写过："在现代，语言的功能变得好像有着强烈的倾向，而且正在符号化。但是，真正的语言，在其社会的意味之外，更具有生命和力量的意味"。谷川在这里强调的"真正的语言"，我想应该是指"语义与意义艰苦纠缠和斗争"（艾略特语）之后产生的那种语言。这篇随笔是在《定义》出版20年前的1955年发表的。这句话反映出了诗人谷川的语言意识，也正像前苏联诗人涅克拉索夫所言及的："诗句，如钱币一样，要铸造得精确、清晰、真实。严格地遵守着规范：使用语言要紧密，思想——要广阔。"其实，回顾一下谷川半个多世纪的创作，其更多作品几乎都是按照这个语言观念而诞生的。

在论述和评析《定义》的近百篇论文中，坪井秀人对《关于灰之我见》的一段概述引起了笔者的注意，特引用如下，其内容为："《定义》将无法定义的定义作为一种实践捕捉到了，'无法定义的定义'正如《关于灰之我见》里所表现的，是既没有背叛读者固定观念的'既知'的明确指示的'对称'，又是'圆环'的秩序本身。尽管二元对立的融合可以说像是无媒体地接纳了称赞现代主义以后的诗歌语言的陈词滥调，但在此以健全的安全的秩序意识也未必没有坚守。虽然谷川的《定义》与其'同母异父'一样作为孤独的作品行为被记忆着，可事实上，在秩序意识（日常的无意识）里保持着仿佛将自我收回的希求和微妙的均衡。……这里好像也能窥见谷川俊太郎诗学普遍性的秘密。[1]"从以上坪井的这段通过《关于灰之我见》对诗集《定义》的整体概述不难看出，他十分理性的分析有着一定的科学性和信赖感。这对加深谷川诗歌文本的解读，或者不至于产生误读和建立正确的认识，都会起到一定的导向作用。透过《关于灰之我见》，也正像坪井所言及的那样，也许能够多少窥见谷川诗歌普遍价值的秘密。

尾声

在结束这篇论文时，我在想，再过 30 年，如果谷川还健在的话，他已经是世纪老人了，而我却是谷川现在的年龄。那时，我不知道已届古稀的我会不会像现在的谷川那样健朗地在大地上"诗意地栖息"和奔跑，若是，我会像他一样永葆一份纯粹和晶亮的童心，与沉默的世界对话，与阳光和大海握手。那时，即使他永远地去了另一个世界，世界肯定仍还是现在的世界。树木仍是他歌颂过的绿，天仍是他憧憬过的蓝，大海的涛声仍是在他诗歌里咆哮和澎湃的涛声。风依旧会吹动他稀疏的华发，人们依旧会从月

---

1 见坪井秀人论文（《国文学》，1995 年 11 月号）。

亮和众多繁星的光芒里看到他的面孔——在世界的东方，那在大地上与天等高的刻着他名字的墓碑。

田原

谷川俊太郎年表

1931 年　出生

　　12 月 15 日，诞生于东京信浓町。系现代著名哲学家、文艺理论家谷川彻三和多喜子的独生子。

1936 年　5 岁

　　入高圆寺圣心学院幼儿园。自幼年始，夏天大部分时光在群马县北轻井泽的父亲的别墅度过。山林中的自然景观是形成诗人感受性的核心之一。

1937 年　7 岁

　　入东京杉并区第二小学。担任过数次班长，但对学校没有留下快乐的记忆。跟音乐学校出身的母亲学弹钢琴。

1944 年　13 岁

　　入东京都立丰多摩初中，担任班长。是年 11 月，美国空军 B–29 轰炸机开始大规模空袭日本领土。

1945 年　14 岁

　　5 月，东京遭受猛烈大空袭，骑自行车在家附近目睹遍地烧死的尸体。7 月，与母亲一起疏散到京都府久世郡淀町外婆的家。9 月，转入京都府立桃山中学。是年 8 月 6 日和 9 日，美国分别在广岛、长崎投下原子弹。8 月 15 日，日本宣布无条件投降，第二次世界大战结束。

1946 年　15 岁

3 月，返回东京，在丰多摩中学（现为都立丰多摩高中）复学。开始迷恋贝多芬的音乐并深受感动。

1948 年　17 岁

受北川幸比古等周围朋友的影响开始诗歌创作。常常阅读父亲书架上的诗集，尤其喜欢读岩佐东一郎、近藤东、安西冬卫、永濑清子等易懂、幽默的诗歌作品。后接触中原中也、三好达治、立原道造、宫泽贤治、法国诗人苏佩维埃尔、波德莱尔、普列维尔和奥地利诗人里尔克及美国诗人惠特曼等诗人的作品。其中对苏佩维埃尔和普列维尔的作品留下深刻的印象。4 月 1 日，在校友会杂志《丰多摩》复刊二号上发表处女作《青蛙》。11 月，在同人诗志《金平糖》上发表《钥匙》和《从白到黑》两首短诗。

1950 年　19 岁

在《萤雪时代》和《学窗》杂志发表诗作。热衷于阅读《宫泽贤治童话集》。厌学情绪强烈，数度反抗老师。成绩下降，丧失高考志愿。3 月毕业后，让父亲看写在笔记本里的诗作。12 月，由诗人三好达治推荐给《文学界》杂志发表的《奈郎》《地球在恶劣天气之日》《演奏》《医院》《博物馆》《二十亿光年的孤独》六首诗震撼文坛，后被称为是"前所未有的一种新的抒情诗的诞生"。

1951 年 20 岁

2 月，在《诗学》诗刊的推荐诗人栏目里发表组诗《山庄 1、2、3》。为岩佐东一郎和城左门的诗感动。

1952 年 21 岁

6 月，处女诗集《二十亿光年的孤独》由东京创元社出版。

1953 年 22 岁

12 月，诗集《62 首十四行诗》由东京创元社出版。5 月，与川崎洋、茨木则子、吉野弘、友竹辰、大冈信等成为《櫂》的诗歌杂志同人。

1954 年 23 岁

6 月，与荒原派代表诗人之一鮎川信夫在《文艺俱乐部》杂志开始选评诗歌作品（持续到 1956 年 1 月）。与剧作家、小说家岸田国士之女，诗人岸田衿子结婚。迁往东京谷中初音町住。

1955 年 24 岁

离婚。独自迁往东京西大久保。10 月，诗集《关于爱》在创元社出版。

1956 年　25 岁

　　9 月，为自己的摄影作品配诗的《绘本》在的场书房出版。

1957 年　26 岁

　　与新话剧演员大久保知子结婚。移住东京青山。

1958 年　27 岁

　　4 月，《谷川俊太郎诗集》由东京创元社出版。9 月，在杉并区家的旁边另筑新居。

1959 年　28 岁

　　10 月，诗论集《给世界》由东京弘文堂出版。

1960 年　29 岁

　　长男贤作出生。4 月，诗集《给你》由东京创元社出版。

1961 年　30 岁

　　居家潜心写作。

1962 年　31 岁

　　1 月至翌年 12 月，系列时事讽刺诗在《周刊朝日》"焦点栏"连载。9 月，诗集《21》由思潮社出版。

1963 年　32 岁

　　长女志野出生。

1964 年　33 岁

　　9 月，诗集《99 首讽刺诗》由朝日新闻社出版。

1965 年　34 岁

　　1 月，诗集《谷川俊太郎诗全编》由思潮社出版。7 月，童谣《日语课程》由理论社出版。11 月，系列组诗《鸟羽》在《现代诗手帖》发表。

1966 年　35 岁

　　5 月，《诗和批评》在昭森社创刊。7 月，作为美日友好交流成员，应邀赴西欧和美国做为期 10 个月的访问旅行。

1967 年　36 岁

　　4 月，结束了对西欧和美国的访问归国。诗集《花朵的习惯》由理论社出版。

1968 年　37 岁

　　1 月，诗集《爱情诗集》，5 月，《谷川俊太郎诗集〈日本诗人·17〉》由河出书房出版。11 月，诗集《谷川俊太郎诗集》由角川文库出版。

1969 年　38 岁

　　11 月，诗集《谷川俊太郎诗集〈现代诗文库 27〉》在思潮社出版。

1970 年　　39 岁

　　4 月，参加美国国会图书馆举办的华盛顿国际诗歌节。

1971 年　　40 岁

　　3 月至 5 月，应美国学士院诗歌学会之邀，与田村隆一等在美国各地举行诗歌朗诵活动。9 月，诗集《俯首青年》在山梨丝绸之路中心出版。

1972 年　　41 岁

　　诗集《谷川俊太郎诗集〈日本的诗集 17〉》由角川文库再版。

1973 年　　42 岁

　　10 月，诗集《语言游戏之歌》由福音馆书店再版。

1974 年　　43 岁

　　5 月，诗集《小鸟在天空消失的日子》在桑里奥社出版。11 月，诗集《独身卧室》在千趣会出版。

1975 年　　44 岁

　　9 月，诗集《夜晚，我想在厨房与你交谈》《定义》分别在青土社和思潮社出版。是年，英文版诗集《旅》在美国 Prescott Street Press 出版后，数次再版。

1976 年　45 岁

2 月，诗集《谁也不知》在国土社出版。是年，辞退诗集《夜晚，我想在厨房与你交谈》和《定义》被授予的"高见顺诗歌奖"。

1977 年　46 岁

6 月，应邀赴荷兰鹿特丹参加国际诗歌笔会，该年度诗会的主题和海报的标题以他的一句诗命名。8 月，诗集《新选谷川俊太郎诗集〈新选现代诗文库 104〉》《由利之歌》分别在思潮社和昴书房盛光社出版。

1978 年　47 岁

9 月，诗集《质问集》在书肆山田社出版。

1979 年　48 岁

2 月，诗集《谷川俊太郎诗集·续集》在思潮社出版。6 月，诗集《另外》在集英社出版。11 月，诗集《櫂·连诗》在集英社出版。

1980 年　49 岁

9 月，诗集《朝向地球的野游》在教育中心社出版。10 月，诗集《可口可乐课程》在思潮社出版。是年，英文版诗集《夜晚，我想在厨房与你交谈》在美国 Prescott Street Press 出版。

1981 年　50 岁

　　5 月，诗集《语言游戏之歌·续》在福音馆书店再版。

1982 年　51 岁

　　3 月，诗集《童谣·续》在集英社出版。6 月，诗集《倾耳静听》在福音馆书店出版。11 月，诗集《日子的地图》在集英社出版。是年，与妻子知子分居。辞退该年度被授予的"艺术选奖文部大臣奖"，理由是不接受国家和跟政治团体有关的任何奖项。

1983 年　52 岁

　　2 月，诗集《日子的地图》获读卖文学奖。诗集《震惊》在理论社出版。3 月，诗集《现代诗人 9·谷川俊太郎》在中央公论社出版。5 月，寺山修司去世。6 月，与寺山修司之间的《影像书信》影像片完成。与诗人正津勉的《对诗》诗集在书肆山田出版。是年，诗集《谷川俊太郎诗选》在美国 North Point Press 出版。

1984 年　53 岁

　　2 月，母亲多喜子去世。4 月，诗集《信》在集英社出版。10 月，应美国纽约诗学中心邀请，在美国各地进行诗歌访问和朗诵活动。11 月，诗集《日本语的商品目录》在思潮社出版。12 月，诗集《揭开诗歌》在长勺出版社出版。

1985 年　54 岁

4月,诗集《童谣》的合订本在集英社出版。5月,诗集《无聊之歌》在青土社出版。诗集《凝望天空的蓝·谷川俊太郎诗集 上》、《早晨的形状·谷川俊太郎诗集 下》在角川文库出版。是年,诗集《无聊之歌》获得现代诗花椿奖。

1986 年　55 岁

英文版诗集《可口可乐课程》在美国 Prescott Street Press 出版。

1987 年　56 岁

1月,自制影像带在冬芽社出版后开始在市场上贩卖。10月至11月,与川村和夫和 W.I. 艾略特一起参加在美国纽约举行的诗歌朗诵会。之后,与大冈信等一起赴西德参加连诗创作活动。12月,诗集《一年生》在小学馆社出版。

1988 年　57 岁

10月,诗集《裸体》获野间儿童文艺奖。11月,诗集《一年生》获小学馆文学奖。12月,诗集《忧郁顺流而下》日、美同时出版。是年,与大冈信、H.C.Artman、Oskar Passtior 四人连诗选 *VIER SCHARNIERE MIT ZUNGE* 在德国出版。斯洛伐克语版诗集《谷川俊太郎诗选》在斯洛伐克 Kruh Milovnikov Poezie 出版。

1989 年　　58 岁

　　3 月，连诗诗集在岩波书店出版。9 月，父亲去世。10 月，与知子离婚。由 W.I. 艾略特和川村和夫共译的诗集《忧郁顺流而下》获第十届美国书刊奖。

1990 年　　59 岁

　　5 月，与佐野洋子结婚。9 月，应作家同盟的邀请，与高良留美子等赴苏联访问旅行。10 月，与大冈信一起在德国法兰克福参加连诗活动。12 月，诗集《灵魂的最味美之处》在桑里奥社出版。是年，德语版诗选集《朝向地球的郊游》在德国 Insel Verlag 出版。

1991 年　　60 岁

　　3 月，诗集《致女人》在杂志书房出版。5 月，诗集《欲赠诗给你》在集英社出版。8 月，参加国际比较文学学会举办的连诗创作活动。10 月，与白石嘉寿子等一起在英格兰、威尔士、苏格兰各地进行诗歌朗诵及连诗创作活动。英译本诗集《悠扬动听的日本诗》在岩波书店出版。是年，日英对照版诗集《无聊的歌》在青土社出版。

1992 年　　61 岁

　　3 月，诗集《给女人》获丸山丰现代诗纪念奖。6 月，应邀赴荷兰鹿特丹参加国际诗歌笔会。是年，处女诗集《二十亿光年的孤独》(增订版) 在桑里奥社出版。英文版诗集《62 首十四行诗＋定义》在美国 Katydid Books 出版。

1993 年　62 岁

1 月，诗集《这就是我的温柔——谷川俊太郎诗集》在集英文库出版。3 月，赴耶路撒冷参加国际诗歌节。4 月，参加在伦敦举行的诗歌朗诵会。诗集《十八岁》《孩子的肖像》分别由东京书籍和纪伊国屋书店出版。5 月，诗集《不谙世故》在思潮社出版。6 月，同大冈信一起与瑞士诗人举行连诗创作活动。7 月，《谷川俊太郎诗集·续》（增订版）、《谷川俊太郎诗集·续续》在思潮社出版。10 月，诗集《不谙世故》获首届萩原朔太郎诗歌奖。11 月，与佐佐木干郎等参加在法国举办的国际诗歌展览会。

1994 年　63 岁

1 月至 5 月，在前桥文学馆举办个人创作展。

1995 年　64 岁

1 月，诗集《听莫扎特的人》由小学馆出版。英文版诗集《Traveler／日日》出版。5 月，诗集《与其说纯白色……》在集英社出版。10 月，为瑞士画家克利(Klee)的画配诗的《克利的画册》诗画集在讲谈社出版。

1996 年　65 岁

1 月，因创作业绩突出获朝日新闻文化奖。7 月，与佐野洋子离婚。同月，为摄影家荒木经惟人体写真配的《温柔不是爱》诗作与图画集在幻冬社出版。12 月，同佐佐木干郎一起在尼泊尔加德满都与当地诗人举行诗朗诵。

是年，英文版诗集《裸体》在美国 Stone Bridge Press/Saru Press International 出版。日英对照诗集《二十亿光年的孤独》在北星堂书店出版。英文版诗选《日子的地图》在美国 Katydid Books 出版。

1998 年　67 岁

5 月，赴悉尼参加作家笔会。6 月，新版《谷川俊太郎诗集》在角川书店春树文库出版。参加 NHK 电视台举办的"诗歌拳击"比赛并获胜。同月，诗集《大家都和睦》在大日本图书社出版。英文版诗集《谷川俊太郎诗选》在英国 Carcanet 出版。是年，该诗选获得英国最大的 Sasakawa 财团翻译奖。

1999 年　68 岁

3 月，《谷川俊太郎作品辑》被译成中文在第二期《世界文学》发表。7 月，应邀出访印度。诗、文、歌词合集《BRUTUS 图书馆·谷川俊太郎》在杂志屋出版社出版。9 月下旬起，初次以诗人身份在中国北京、重庆、昆明、上海等地进行了为期半个多月的诗歌访问、演讲和朗诵活动，在中国诗界引起反响。是年，希伯来语版诗集《致女人》在以色列 Modan Publishing House/Tel-Aviv 出版。

2000 年　69 岁

1 月，《谷川俊太郎诗全集》的 CD-ROM 光盘在岩波书店出版。2 月，日英文对照诗集《俯首青年》在响文社出版。5月，应邀赴丹麦参加丹麦语版诗集《对苹果的执着》出版发行式。在哥本哈根做诗歌朗诵活动，并赴瑞典马尔默参加国际诗歌节。10月，与大冈信、高桥顺子等赴荷兰鹿特丹参加连诗创作活动和在此举行的日荷连诗发布会。同月，为瑞士画家克利（Klee）的画配诗的《克利的天使》诗画集在讲谈社出版。

2001 年　70 岁

　　3月，应诗人麦城之邀，赴大连、北京、苏州和上海进行诗歌访问。10月，编著《诗是何物》诗选集在筑摩书房社出版。

2002 年　71 岁

　　2月，《谷川俊太郎诗集》（系六部诗集的合集）在思潮社出版。5月，应邀赴南非参加国际诗歌笔会。6月，汉语版《谷川俊太郎诗选》在作家出版社出版。7月，赴华参加在北京大学举行的汉语版《谷川俊太郎诗选》首发式。之后，赴云南、上海进行诗歌交流活动。10月，日英对照诗集《minimal·谷川俊太郎》在思潮社出版。

2003 年　72 岁

　　3月，应国际交流基金邀请，赴德国、法国等地参加诗歌朗诵活动。3月至10月，在东京池袋一家书店临时兼任"谷川俊太郎书店"店长。5月，蒙古语版诗集《谷川俊太郎诗选》在乌兰巴托出版。10月，诗集《午夜的米老鼠》

在新潮社出版。

2004 年　73 岁

　　1 月，第二本汉语版《谷川俊太郎诗选》由河北教育出版社出版。7 月，写真诗集《早晨》《黄昏》(写真：吉村和敏)由 Arisu 社出版。10 月，对谈集《谷川俊太郎读〈诗〉》在澪标社出版。英语版诗集《不谙世故》和法语版诗集《克利的天使》分别在美国和法国出版。

2005 年　74 岁

　　3 月，第二本汉语版《谷川俊太郎诗选》获得第二届"21世纪鼎钧文学奖"，出席在北京举行的授奖式。5 月，诗集《夏加尔与树叶》由集英社出版。6 月至 7 月，应邀参加在哥伦比亚麦德林举办的国际诗歌节。英文版诗集《欲赠诗与你》和《裸体》分别在英国出版。是年，诗集《裸体》在尼泊尔出版，诗选集在马其顿等国家出版。

2006 年　75 岁

　　1 月，诗集《夏加尔和树叶》及《谷川俊太郎诗选集 1–3 卷》获得第 47 届每日新闻艺术奖。5 月，诗集《喜欢》由理论社出版。8 月，应诗人骆英之邀，赴中国安徽黄山、宏村观光并在北京大学与中国诗人和学者座谈。同月，应邀在贝尔格莱德朗诵诗歌，其后参加马其顿国际诗歌节。诗集《夏加尔和树叶》丹麦语版在丹麦出版。应邀参加在挪威举办的国际诗歌节，其后应邀在哥本哈根朗诵诗歌。12

月诗集《定义》（汉英对译）在新加坡出版。

2007 年　　76 岁

8月，《谷川俊太郎质询箱》在保姆日刊新闻社出版。10月，赴乌兰巴托参加中、日、蒙诗歌交流，第二本蒙古语版诗选在乌兰巴托出版并得到蒙古国最高文化勋章。11月，诗集《我》在思潮社出版。是年，诗集《不谙世故》西班牙语版在墨西哥出版，塞尔维亚语版在塞尔维亚出版。

2008 年　　77 岁

2月，日英文对照文库版《二十亿光年的孤独》由集英社出版。3月，诗集《我》获得第23届诗歌文学馆奖。从4月4日的《朝日新闻·夕刊》开始连载短诗。10月，诗集《克利的天使》德语版分别在柏林和瑞士出版。诗集《夏加尔和树叶》的英文版在英国出版。

2009 年　　78 岁

8月初，应邀赴阿拉斯加参加诗歌活动。5月，诗集《特隆姆瑟拼贴画》由新潮社出版。7月，文库版诗集《62首十四行＋36》由集英社出版。9月，诗集《诗之书》由集英社出版。是年，多部外国语版诗选集分别在韩国、印度和丹麦等国家出版。

2010 年　　79 岁

诗集《特隆姆瑟拼贴画》获得第一届鲇川信夫诗歌奖。

8月，中日文对照版诗选《春的临终——谷川俊太郎诗选》由香港牛津大学出版社出版。9月，出席诗人北岛主持的首届"国际诗人在香港"，香港城市大学图书馆举办小规模的谷川俊太郎图书展。同月，诗选集《我的心太小》（田原 编）由角川学艺出版社出版。

2011年　80岁

1月，与摄影家伴田良辅合著的《mamma》乳房图片诗集由德间书店出版。为自己的摄影作品配诗的作品集《东京叙事诗及其他》由幻戏书房出版。是年，获得第三届中坤诗歌奖。

2012年　81岁

4月，2011年上市的电子版诗集《iphone软件》获得"2012年度电子书籍奖"文艺奖。5月，在开设的网页"谷川俊太郎.com"上发表短文和汇报活动近况。7月，纪伊国屋书店跟踪拍摄一年多的专题片《诗人·谷川俊太郎》DVD上市。6月，七六出版社定期出版《谷川俊太郎诗歌邮件》。

2013年　82岁

1月，自选集《谷川俊太郎诗集》由岩波书店出版。2月，《写真》由晶文社出版。6月，在朝日新闻连载五年的短诗集《心》由朝日新闻出版。9月，汉语版诗选《小鸟在天空消失的日子》由湖南文艺出版社出版。

2014 年　83 岁

8 月，诗集《抱歉》由七六出版社出版。10 月，应邀参加台北诗歌节。11 月，写真诗集《雪国的白雪公主》由 PARCO 社出版。同月，写真诗集《晚安诸神》由七六出版社出版。

2015 年　84 岁

2 月，写真诗集《恐龙人间》由 PARCO 社出版。4 月，诗集《关于诗》由思潮社出版(获翌年三好达治诗歌奖)。7 月，诗集《我和你》由七六出版社出版。8 月 16 日，每日电视台在备受欢迎的《情热大陆》播放跟踪拍摄的《诗人谷川俊太郎》。最新英文版诗选 New Selected Poems 在英国出版。12 月，处女诗集《二十亿光年的孤独》(中日文对照)和《谷川俊太郎诗选》由台湾合作社同步出版。

2016 年　85 岁

3 月，《关于诗》(思潮社 2015 年 4 月)获得三好达治诗歌奖。9 月至 10 月，静冈县三岛市的"大冈信语言馆"举办"谷川俊太郎展"。10 月，岩波书店出版发行 54 册诗集的电子图书。8 月，新编《谷川俊太郎诗选》(人民文学出版社)出版。

2017 年　86 岁

4 月，大冈信去世。6 月，在明治大学举办的大冈信告别式上朗诵诗歌。札幌市内以谷川俊太郎名字命名的第一家"俊咖啡"店开业。10月，获得台湾太平洋国际诗歌"累积成就奖"。跟读卖新闻记者尾崎真理子的对话集《被叫做诗人》由新潮社出版，与觉和歌子的合著的《对诗2马力》由七六社出版。11月，在香港国际诗歌节以"古老的敌意"为题与阿多尼斯对话，之后赴厦门参加诗歌朗诵和签售会。

图书在版编目（CIP）数据

我：谷川俊太郎诗集 /（日）谷川俊太郎著；田原译 . —北京：
人民文学出版社，2017

ISBN 978-7-02-013561-5

Ⅰ．①我…　Ⅱ．①谷…　②田…　Ⅲ．①诗集－日本－
现代　Ⅳ．①I313.25

中国版本图书馆 CIP 数据核字（2017）第 289522 号

选题策划：雅众文化
策 划 人：方雨辰
特约编辑：陈希颖
责任编辑：陈　旻
装帧设计：孙晓曦

我：谷川俊太郎诗集
［日］谷川俊太郎 著
田原 译
人民文学出版社出版
（100705　北京市朝内大街 166 号）
山东临沂新华印刷物流集团印刷　新华书店经销
字数：135 千字　开本：880×1092 毫米　1/32　印张：7
2018 年 3 月北京第 1 版　2018 年 3 月第 1 次印刷
印数：1-8000
ISBN 978-7-02-013561-5
定价：48.00 元